Franziska Franz

Das Geheimnis des Roten Hauses

Franziska Franz

Das Geheimnis des Roten Hauses

Ein Frankfurter Altstadt-Krimi

edition krimi

Frankfurt Krimi

Franz, Franziska: Das Geheimnis des Roten Hauses. Ein Frankfurter Altstadt-Krimi. Hamburg, edition krimi 2025

3. Auflage 2020
ISBN: 978-3-946734-63-5

Dieses Buch ist auch als eBook erhältlich und kann über den Handel oder den Verlag bezogen werden.
ePub-eBook: ISBN 978-3-946734-64-2

Lektorat: Birgit Rentz
Umschlaggestaltung: © Annelie Lamers, edition krimi
Umschlagmotiv: www.pixabay.com
Coverbild: © pure-life-pictures/stock.adobe

Bibliografische Information der Deutschen Nationalbibliothek: Die Deutsche Nationalbibliothek verzeichnet diese Publikation in der Deutschen Nationalbibliografie; detaillierte bibliografische Daten sind im Internet über https://dnb.d-nb.de abrufbar.

Die edition krimi ist ein Imprint der Bedey & Thoms Media GmbH, Hermannstal 119k, 22119 Hamburg
E-Mail: kontakt@bedey-media.de

---

https://www.edition-krimi.de
Gedruckt in Deutschland

Prolog

Mein Partner Bernd Hesse und ich standen am Whiteboard und betrachteten die Fotos der Opfer. Eins davon zeigte Gaby, meine Tochter.

„An Brutalität kaum zu übertreffen, wenn man sein eigenes Kind als Opfer am Whiteboard hängen sieht. Dieser Mann ist ein grausamer Psychopath! Ich werde alles tun, um dieses Schwein zu kriegen, alles!"

Gut und Böse lagen schon immer nah beieinander, auch die Neue Frankfurter Altstadt war nicht gefeit vor einer grausamen Straftat. Hätten nur meine Alarmglocken eher geschrillt, als meine Tochter begann, ihre neue Freundin im geheimnisvollen Roten Haus zu besuchen. Nur wenige Meter von diesem Haus entfernt war das Opfer eines Gewaltverbrechens gefunden worden. Gaby hatte längst zu viel gesehen, doch das war mir verborgen geblieben. Nur mit etwas Glück war sie dem Tod entkommen, doch die Gefahr war lange nicht vorüber, und ich wollte nichts mehr, als sie rächen und den Täter zur Strecke bringen, und wenn ich dafür sterben musste.

1

Mein Name ist Lutz Weigand, ich bin Kriminalkommissar bei der Frankfurter Mordkommission im Polizeihauptpräsidium auf der Adickesallee – ein Gebäude, das ich mir mit über 8 000 Mitarbeitern teile. Bereits seit weit über 20 Jahren bin ich bei der Kripo und seit dreien Kriminalkommissar. Mittlerweile vierundfünfzig, verheiratet mit meiner bezaubernden Bettina, der besten Ehefrau von allen, um es mit Kishons Worten auszudrücken, und gesegnet mit einer vierzehnjährigen Tochter, Gaby, die sich mitten in der Pubertät befindet, aber da waren wir ja alle schwierig.

Gaby war schon immer recht pfiffig und, wie mein junger Kollege behauptet, manchmal etwas altklug. Aber der hat keine Ahnung. Besser erst mal seine eigenen Kinder großziehen, bevor man über andere lästert, schlug ich ihm des Öfteren vor. Ich gebe zu, Hesse und ich kabbeln uns oft, allerdings nur im Spaß. Manchmal braucht es eine gehörige Portion Humor, ohne die sich unser Beruf wohl nur schwer aushalten ließe.

Zurück zu Gaby: Sie ist eine großartige Tochter und einer meiner besten Ratgeber, nicht nur beim Skat, unserer Lieblingsbeschäftigung zu Hause. Zudem haut Gaby in ihrer kindlichen Naivität manchmal unbewusst irgendwelche Lebensphilosophien raus, die mir während meiner Ermittlungen bereits so manches Mal auf die Sprünge geholfen haben. Außerdem ist sie ein Gesundheitsapostel und hat mir nicht nur meine damalige Zigarettensucht verleidet, sondern auch die Lust an Süßigkeiten. Geblieben ist mir nur Kaugummi.

Mit Hesse arbeite ich inzwischen das dritte Jahr zusammen. Ich schätze ihn und bin mir sicher, dass er einmal in meine Fußstapfen treten wird. In einigen Jahren erst, denn so schnell werde ich das Zepter nicht abgeben, und außerdem ist er mit seinen 34 Jahren ja ein Greenhorn. Doch ist er nicht nur ein liebenswerter Kerl, er ist vor allem ein kluger Ermittler, und wir ergänzen uns prächtig. In den letzten Jahren haben wir den einen oder anderen kniffligen Fall hier in Frankfurt gelöst.

Wie jeden Morgen brach ich eine gute halbe Stunde vor Arbeitsbeginn von unserer Wohnung in Seckbach auf. Gaby riet mir stets, mit öffentlichen Verkehrsmitteln zu fahren, da dies deutlich schneller gehe. Sie mochte damit recht haben, doch mir machte das alltägliche Stop-and-go nichts aus – im Gegenteil, es war die Zeit, in der ich in mich gehen konnte, um mich für meinen bevorstehenden Tag im Polizeipräsidium zu wappnen. Für mich kam es einer meditativen Entspannung gleich, mich im Schneckentempo in Richtung Miquelallee treiben zu lassen. Die geladene Stimmung der unter Zeitdruck stehenden Autofahrer nahm ich stets nur wie durch einen Nebelschleier wahr. Es fühlte sich an, als würde ich durch eine Art Schleuse von meiner heilen familiären Idylle in die zum Teil zermürbende Wirklichkeit meiner kriminalistischen Laufbahn gebeamt. Um nichts in aller Welt hätte ich wegen meines Jobs eine Wohnung in unmittelbarer Nähe meines Arbeitsplatzes haben wollen. Hesse behauptete, dass mich mein siebter Sinn stets vor größeren Gefahren bewahrt habe. Schon möglich, dass man, wenn man bei der Mordkommission arbeitete, eine besondere Form der Sensibilität entwickelte, die uns Kriminalisten vor der stets lauernden Gefahr bewahrte, in der wir nun einmal schwebten. Seit ein paar Tagen hatte ich dieses ungute Bauchgefühl, das sich wie ein Geschwür in meinem Inneren ausbreitete. Wie sich später herausstellte, sollte ich recht behalten, und ich hätte diese Zeit gern aus dem Kalender meines Lebens gestrichen.

„Morsche, Chef, wie war dein Wochenende?", fragte mich Hesse, nachdem er das Büro der Frankfurter Mordkommission betreten hatte.

„Mal wieder der Verkehr, he?", erwiderte ich mit einem Blick auf die Uhr, ohne auf seine Frage einzugehen.

„Kann ja nicht jeder mit Blaulicht zur Arbeit fahren."

Ich kaute gedankenverloren auf meinem Kaugummi herum, bevor ich antwortete. „Mal nicht so keck, Junge, verdammt grün hinter den Ohren und schon die Klappe aufreißen, was?"

Hesse grinste und sagte: „Irgendwann kleben dir von den Dingern die Zähne zusammen. Und dazu die Knatscherei, ich besorge mir demnächst ein Paar Ohrstöpsel, dabei kann sich doch kein Mensch konzentrieren."

„Hast ja jetzt eine Woche Ruhe, wenn ich meinen wohlverdienten Urlaub nehme. Im Übrigen hast du meistens recht. Deshalb habe ich vor zwei Jahren extra für dich aufgehört zu rauchen." Ich schnitt eine Grimasse.

Hesse lachte: „Für mich? War es nicht deine Tochter, die dir ins Gewissen geredet hat, oder täusche ich mich?"

„Ja, Gaby hat mir damals die Nachteile des Rauchens vor Augen geführt. Ist doch klar, in ihrem Alter verbessert man die Welt. Aber letztendlich tu ich es nur für dich."

Hesse gluckste vor Lachen.

Ich fand, wir hatten genug geplänkelt, und beantwortete seine eingangs gestellte Frage. „Wie mein Wochenende war, wolltest du wissen? Um ehrlich zu sein, es war etwas nervig. Meine Familie hat sich in den Kopf gesetzt, auf den Riedberg zu ziehen. Dabei ist unser Seckbach so idyllisch. Und du kennst ja meine Meinung. Ich will nicht umziehen!"

„Warum denn auch?", warf Hesse ein.

„Eben." Ich nickte. „Gaby wird älter, und die Wohnung wird zu klein, behaupten die beiden."

„Hat Gaby so zugenommen?"

„Es reicht!", schimpfte ich. „Hör auf, meine Tochter zu mobben. Babyspeck ist in dem Alter völlig normal."

Hesse lachte. „Nicht dass sie das vom Vater hat?"

„Wenn du so weiterredest, sorge ich dafür, dass du versetzt wirst, alter Stänkerer."

Hesse kicherte. „Aber mal im Ernst, wieso denn Riedberg? Ist doch ein ziemlich unpersönliches Neubaugebiet."

Ich stöhnte: „Hab du mal zwei Frauen. Bei so was halten die zusammen wie Pech und Schwefel."

„Ich sag ja, mit Kindern kannst du mich jagen. Hab' schon genug mit Julia zu tun, die prügelt mich ständig zum Sport, und dann Zwerge großziehen, die mir auf der Nase herumtanzen? Nein, danke."

„Als Zwerg würde ich Gaby mit ihren 14 Jahren zwar nicht mehr bezeichnen, aber ich bin mir sicher, ich weiß, was du meinst. Wenn du mich fragst, hängt das

Umzugsinteresse nur mit der Neuen in Gabys Klasse zusammen. Die wohnt in der Neuen Frankfurter Altstadt, und Gaby ist hin und weg von ihr, besucht sie dort ständig."

„Wow, wie hat sie das denn geschafft?"

„Was, das Mädchen zu besuchen?"

„Nein, ich meine Gabys Klassenkameradin – ist schwierig, in der Gegend etwas zu bekommen."

„Na ja, du weißt doch, Losverfahren. Der Vater ist Architekt. Er war an der Bebauung der neuen Altstadt beteiligt, sagt Gaby, der wird schon was gemauschelt haben."

„Quatsch", entgegnete Hesse, „das funktioniert doch gar nicht. Das mit dem Losverfahren ist schließlich eine ehrliche Sache. Wenn du mich fragst, ich hätte die Wohnungen meistbietend versteigert. Brächte der Stadt ein bisschen Geld ins Säckel."

„Geld braucht's, damit man dort überhaupt einen Fuß reinbekommt, Bernd. Ich hätte da gewiss keine Chance."

„Wo kommen die denn her?"

„Aus Hamburg, glaube ich, sagte mir Gaby."

2

April 2019

Gaby saß auf dem Sofa in unserem, wie ich fand, gemütlichen Wohnzimmer, hatte sich den Laptop auf den Schoß gestellt und tippte eifrig darauf herum.

„Schon wach?", fragte ich gähnend, als ich verschlafen ins Zimmer schlurfte.

„Ich studiere die Immobilienanzeigen." Gaby blickte kurz auf. „Wir nutzen deine Urlaubstage. Kommenden Sommer würde ich gerne in unserem künftigen Garten sitzen – vielleicht im Juli, wenn ich Geburtstag habe?" Sie lachte.

Bettina stellte mir eine Tasse Kaffee vor die Nase und gab mir einen Kuss. „Morgen, Schatz! Lass ihn erst mal wach werden, Gaby." Wie so oft stellte sie sich hinter meinen Sessel und versuchte, mit den Fingern meine Frisur zu ordnen.

Ich trank einen Schluck, suchte in der Tasche meines Bademantels nach einem Kaugummi, stand auf und setzte mich neben Gaby. „Soso, einen Garten brauchst du." Ich liebte unsere Wohnung, die wir damals wegen der ruhigen Lage ausgesucht hatten. Unsere Straße war nämlich eine Sackgasse. Wir hatten vier Zimmer zur Verfügung. Einen herrlich hellen Wohnraum mit angrenzendem, dank Bettina wunderschön bewachsenem Balkon, ein ebenfalls recht großes Esszimmer und zwei Schlafräume, wobei der eine davon Gabys Zimmer war, was brauchten wir mehr. Nun gut, die

Möbel waren mittlerweile in die Jahre gekommen und sicher nicht besonders modern, sie taten es aber noch, wie auch Bettina schon des Öfteren bekräftigt hatte. Wenn ich im Wohnzimmer auf unserer riesigen Sitzlandschaft saß und ins Grüne schaute, kam ich zur Ruhe. Es erstaunte mich, dass Gaby auf einmal völlig andere Ansprüche anmeldete.

„Hörst du mir eigentlich noch zu?", fragte sie und holte mich damit aus meinen Gedanken. „Riedberg käme infrage – oder Römerberg."

„Ach, das ist ja was ganz Neues!"

„Das ist was, Papa. Ich hab` mal geguckt, da wird am Markt 14 eine Vier-Zimmer-Maisonette-Wohnung frei – ein echter Traum, kann ich dir sagen."

„Ein Albtraum", erwiderte ich mit Dackelblick.

„Du hast keine Ahnung von der Jugend von heute. Ich muss mich auch mal zurückziehen können, Papa. Du wirst sehen, es kommt der Tag, an dem ich einen Freund mit nach Hause bringe, und dann seid ihr froh, wenn ihr eure Ruhe habt."

Bettina hatte sich mit ihrem Kaffee zu uns gesetzt. „Was ist denn mit deiner Tochter los?"

Ohne auf sie einzugehen, sprach Gaby sogleich weiter. „Das sind bloß praktische Gedanken, die ich mir mache, Papa. Hier, für 1 700 Euro bekommt man schon eine Wohnung – mit Glück."

„Da braucht man verdammt viel Glück, Gaby, aber in die Altstadt ziehe ich nicht mal euch zuliebe, da bringen mich keine zehn Pferde hin."

„Warum denn nicht?"

Ich kaute eine Weile auf meinem Kaugummi herum, dann sagte ich: „Zum einen, weil es zu teuer ist, und zum anderen, weil es dort keine Parkplätze gibt."

„Für Mieter gibt es das Parkhaus am Dom."

„Gaby, wie früh soll ich denn morgens aufstehen? Da muss ich ja erst eine Viertelstunde laufen, bis ich in meinem Auto sitze, um dann entspannt ins Präsidium zu fahren."

Bettina lachte. „Die Betonung liegt auf ‚entspannt'."

Gaby verdrehte die Augen, als sie mich ansah. „Hast du etwa weitere Argumente?"

„Mindestens zwei weitere", erwiderte ich.

Gaby stöhnte: „Und die wären?"

„Drittens ist mir dort alles zu abgehoben, und viertens gibt es in dem Teil der Stadt überhaupt kein Grün."

„Und das, wo du dich so häufig bewegst ... Abgesehen davon stimmt das nicht. Du bist in vier Minuten am Main, da hast du alles, was du brauchst. Bewegen könntest du dich also nach Herzenslust. Gibt dort jede Menge Jogger, wär für dein Bäuchlein genau das Richtige." Gaby klatschte mit der Hand auf meinen Bauch.

„Wollen wir mal gemeinsam eine Runde joggen?", entgegnete ich provozierend und zwickte ihr in ihr Hüftpölsterchen. „Könnte dir ebenso wenig schaden."

„Papa, ich bekomme ein Trauma, weißt du das nicht? So redet man nicht mit heranwachsenden Menschen. Ich befinde mich außerdem in der Wachstumsphase, da schießt alles nach oben!"

Entschuldigend hob ich die Hand. „Ist ja schon recht."

„Abgesehen davon sagst du doch immer, dass Frankfurt eine vorbildliche Infrastruktur hat. Fahr einfach mit der U-Bahn und lass das Auto stehen. Damit schonst du wenigstens die Umwelt."

„Gaby!“, warf Bettina mit mahnender Stimme ein.

„Mama, das ist ein Gespräch zwischen Papa und mir. Ich habe doch wohl ein Mitspracherecht, zumindest sagt ihr das immer. Wenn ich eines Tages ausgezogen bin, ärgert ihr euch, dass ihr nicht auf mich gehört habt. Glaubt mir, ich weiß besser als ihr, was angesagt ist.“

Jetzt lachte ich. „Mitsprache durchaus, aber nicht alleiniges Sprachrecht.“

Gaby hatte sich an ihrer Idee festgebissen. Sie konnte ein echter Drillbohrer sein, wenn sie etwas durchzusetzen versuchte. So schlug sie vor, einen gemeinsamen Ausflug in die Altstadt zu unternehmen, da mir bislang immer die Zeit gefehlt hatte, mir die schönen Gebäude näher anzusehen. Nur dienstlich war ich einmal dort gewesen.

„Aber jetzt hast du Urlaub, und ich habe Osterferien. Das passt doch perfekt.“ Gebannt sah sie auf den Computerbildschirm. „Es gibt noch ein paar tolle freie Wohnungen. Sieh an, hier habe ich einen großartigen Wohnungsgrundriss. Ich drucke den mal aus.“ Sie schob ein Blatt Papier in den Drucker, der auf unserem Schreibtisch in einer der Fensternischen stand, und das Gerät setzte sich prompt in Bewegung.

Wenig später nahm Gaby das Blatt aus dem Ausgabefach. „Hier, ist total cool, glaub mir. Jette ist da glücklich, und überleg mal, wir könnten immer zusammen zur Schule fahren.“ Sie drückte mir das Blatt in die Hand, doch ich legte es achtlos auf den Tisch.

„Ich habe mir für meinen Urlaub etwas freie Zeit verdient“, knurrte ich, „und daher keine Lust, diese mit Sinnlosigkeiten zu vergeuden.“ Bedauernd sah ich Gaby an. „Mach bloß nicht so ein Gesicht!“

„Da würde jede Tochter eine lange Nase machen, Papa. Wenn ich das bloß höre: Sinnlosigkeiten! Das kann man sich doch wenigstens mal ansehen, selbst wenn man dort nicht wohnen möchte. 35 neue Häuser, davon 15 Rekonstruktionen."

„Klingt ja wie auswendig gelernt."

„Nein, das hat Herr Grubenmacher seiner Tochter gesagt, und der war einer der sieben Architekten beim Altstadtbau. So einer muss es doch wissen, denkst du nicht?"

„Herr Grubenmacher?", hakte ich nach.

Gaby verdrehte die Augen. „Na, Jettes Vater."

Ich grinste. „Ein Architekt, der Grubenmacher heißt – das erscheint mir passend. Und wieso nur 15 Rekonstruktionen?"

„Ja, weißt du denn das nicht? Weil es für die restlichen Bauten keine genauen Vorlagen mehr gibt. Aber diese 15 Häuser stehen exakt dort, wo sie damals gestanden haben, und sie sehen genauso aus. Wusstest du, warum das Rote Haus so eine knallige Farbe hat?"

„Welches rote Haus?"

„Oh Mann, Papa, das auf dem Römerberg! Das war das Haus der Metzger, und das Rot sollte die Farbe des Blutes beim Schlachten demonstrieren. Die Metzger waren im Mittelalter dazu verpflichtet, das Haus alle drei Jahre mit Ochsenblut zu streichen. Na ja, Jette sagt, ursprünglich war das Haus daneben das Metzgerhaus. Das steht am Markt 15. Das ist jetzt weiß. Dafür ist nun das Eckhaus rotgestrichen."

„Igitt, aber hoffentlich wird es nicht mehr mit Ochsenblut bemalt!" Bettina verzog das Gesicht.

„Nein, Mama. Übrigens, die Grubenmachers wohnen drin. Und wusstet ihr, dass in diesem Haus das

Frankfurter Würstchen erfunden wurde? Nämlich vom Fleischer, Johann Georg Lahner, im 18. Jahrhundert. Er hat zwar eigentlich das Wiener Würstchen erfunden, nannte es aber um in Frankfurter Würstchen."

Bettina lachte. „Sowas kannst du dir merken? Nein, das wusste ich nicht, du etwa?" Sie sah mich an. Ich schüttelte den Kopf.

„Die Vorstellung, in einem blutverschmierten Haus zu wohnen – ich weiß nicht." Bettina verzog angeekelt das Gesicht.

„Ist doch bloß eine Rekonstruktion, Mama. Und stellt euch vor, es steht auf drei Holzpfosten, ehemals französischen Weinpressen.

Ich war beeindruckt. „Na, du hast ja deine Hausaufgaben gemacht."

„Papa, ich sage dir, das ist klasse. Wisst ihr, warum es auf Pfosten steht?"

Bettina und ich schüttelten den Kopf.

„Man konnte drunter auf geradem Weg direkt zum Main gelangen."

„Mir wäre ein Haus auf Pfosten eine zu wackelige Angelegenheit", gab Bettina zu bedenken.

„Mama, die haben aus statischen Gründen Stahlpfosten eingebaut. Die haben diese Weinpressen ausgehöhlt und innen drin Stahlpfosten gebaut. Ihr wisst ja gar nicht, wie das ist. Herr Grubenmacher hat Jette von den Bauarbeiten erzählt. Das ist nicht alles nur rekonstruiert, da werden sogar einige Originalteile verwendet. So alte Mosaiken und ein paar Träger oder so ähnlich. Genaueres weiß Jette nicht. Aber es ist nicht alles nur Fake."

„Fake?", fragte ich.

„Na, du weißt doch: Einige vertreten die Meinung, dass man den Römerberg mit Disneyland vergleichen kann. Ich finde das vollkommen schwachsinnig. Das ganze Gelände war komplett zerstört. Und der Römer schadet der Stadt ja nicht, oder?"

Da musste ich ihr beipflichten. „Das sehe ich auch so. In zehn Jahren spricht kein Mensch mehr darüber, ob die Altstadt echt ist oder nicht. Da freuen sich die Touristen höchstens, den historischen Teil der Stadt besichtigen zu können. Frankfurt war ja mal eine der bedeutendsten mittelalterlichen Städte. Und sehr berühmt durch den Krönungsweg."

„Du hast echt was drauf", stellte Gaby fest und grinste. „Das hätte von mir kommen können."

„Mal langsam", konterte ich, „ich bin alter Frankfurter. Wäre ja komisch, wenn ich das nicht wissen würde."

„Die Wohnung der Grubenmachers ist total cool." Gaby geriet ins Schwärmen. „Lauter Designermöbel, der Wahnsinn! Und eine offene Küche. Ihr glaubt ja nicht, wie toll das aussieht, mit einer richtigen Bar!" Und vom Wohnraum führt eine stylische Treppe in das obere Stockwerk. Da haben die ihr Schlafzimmer und einen Gästeraum. Das sieht aus, als ob die allein in einem richtigen Haus leben, man nennt das, glaube ich, Maisonettewohnung." Während sie sprach, sah sie sich im Raum um. „Wie nennt man eigentlich unseren Stil?"

„Landhaus", antwortete Bettina.

„Na ja, damit könnt ihr keinen modernen Architekten hinterm Ofen hervorlocken, fürchte ich", sagte Gaby despektierlich.

Ich kniff nur selten meine Lippen zusammen, aber langsam wurde es mir doch etwas zu bunt. „Jetzt reicht's, Fräulein. Uns gefällt es. Das ist die Hauptsache. Und ich muss auch nicht mit einem Architekten in Konkurrenz treten."

Gaby schien zu bemerken, dass sie zu weit gegangen war, denn sie wechselte geschickt das Thema: „Wenn wir also heute nichts zusammen unternehmen, fahre ich zu Jette. Sie ist sonst ganz allein."

Ich stöhnte. „Klingt ja fast nach Erpressung. Aber wie wär's, wenn du Jette mal zu uns einlädst?"

Gaby schüttelte energisch den Kopf. „Das kommt überhaupt nicht infrage. Erstens will das Herr Grubenmacher nicht, und zweitens wäre mir das auch peinlich."

„Und wieso?", wollte ich wissen. Ich musste mich bremsen, um nicht aus der Haut zu fahren.

„Na, das ist doch hier wie auf dem Dorf. So etwas kann ich Jette nicht bieten. Ihr glaubt ja gar nicht, was das für ein Abstieg für sie wäre."

„Weißt du, Gaby", mischte sich Bettina ein, „so ist es ja nicht, dass man einem Teenager nicht zumuten kann, mal hierherzufahren. Du brauchst dich wahrlich nicht für uns zu schämen."

„Tu ich ja nicht. Aber ehrlich, es geht eben nicht."

Immer noch mit meiner Beherrschung kämpfend, hakte ich nach: „Darf ich fragen, warum Herr Grubenmacher das nicht erlaubt?"

„Ach", Gaby winkte ab, „er möchte nicht, dass Jette mit den Öffentlichen allein unterwegs ist, verstehst du? Das ist ihm zu gefährlich."

„Ach du großer Gott!" Ich stöhnte. „Was ist denn mit dem los?"

„Jette sagte, er sei mal erpresst worden oder so, da möchte er nicht, dass seine Tochter unbeaufsichtigt ist, aber das darf keiner wissen. Das bleibt ja unter uns, nicht?"

„Soso, erpresst worden ist er, und womit?"

Gaby sah mich zornig an. „Das weiß ich doch nicht. Glaubst du, dass ich da nachfrage."

„Dein Vater ist Polizist." Ich fischte ein weiteres Kaugummi aus der Tasche meines Bademantels und gesellte es zu dem ersten. Meine Sprache wurde dadurch etwas undeutlicher. „Weißt du, im normalen Leben ist es relativ unüblich, dass man erpresst wird."

„Papa, hör auf mit dem Geknatsche, das ist echt peinlich! Allein deswegen könnte ich Jette schon nicht zumuten, zu uns zu kommen."

„Das ist ja was ganz Neues, dass du dich für mich schämst." Inzwischen war es mir egal, dass meine Stimme säuerlich klang.

Gaby verdrehte die Augen. „Nicht für dich, nur für das ganze Drumherum. Selbst ich knatsche nicht solche Dinger, und ich bin jung!"

„Ach, und ich bin scheintot und habe nicht das Recht dazu, verstehe."

„Jetzt hört schon auf, ihr beiden! Ihr müsst euch doch nicht streiten." Bettina legte besänftigend eine Hand auf meinen Arm.

Geistesabwesend starrte ich auf Gabys Laptop. „Was macht dieser Grubenmacher jetzt? Die neue Altstadt ist doch fertig."

„Na ja, was machst du, wenn kein Verbrechen geschieht? Trotzdem arbeiten! Das macht er. Ich glaube, er baut irgendwelche Luxushäuser."

„Soso", knurrte ich, „bin mir nicht sicher, ob mir der Mann sympathisch ist. Hat Jette eine Mutter?"

„Na klar! Sie ist nett, aber sie arbeitet als Sekretärin für ihren Mann und ist deshalb tagsüber nie zu Hause. Ich glaube, die haben ein großes Büro an der Alten Oper."

Gaby sah Bettina an. „Da hab' ich mit dir echt Glück, Mama – dass du immer zu Hause bist, meine ich."

Bettina lächelte dankbar.

„Eins steht außer Frage", stellte ich fest. „Gegen den Mann kann ich mit meinem Polizistengehalt kaum anstinken. Wie wär's mit 'ner Runde Skat?"

Bettina erhob sich. „Erst wird gefrühstückt. Na los, der Kaffee wird kalt! Lasst uns ins Esszimmer gehen."

„Gute Idee", sagte ich und stand ebenfalls auf. „Ich habe einen Bärenhunger."

Gaby setzte sich am Esstisch neben mich und kicherte. „Untersteh dich, das Kaugummi unter den Tisch zu kleben."

Ich grinste. „Wir sind doch hier nicht in der Schule."

„Weißt du, Papa, im Grunde habe ich mit dir verdammtes Glück. Jettes Vater ist nie nett, glaube ich. Nicht zu seiner Tochter und nicht zu seiner Frau. Und Skat spielen die auch nicht zusammen."

3

Detlef Grubenmacher schaute über den Rand seiner Zeitung. „Du bist ja schon wieder am Handy, Jette. Willst du nicht mal ein Buch lesen oder etwas für die Schule tun?"

„Papa, ich habe doch Ferien."

„Und mit wem schreibst du dir da dauernd?"

„Mit meiner Freundin."

Detlef faltete die Zeitung zusammen. „Man kann und sollte in den Ferien ein wenig arbeiten. Lernen hat noch niemandem geschadet. Deine schulischen Leistungen haben mich in letzter Zeit enttäuscht. Ich bin mir nicht sicher, ob dir der ewige Kontakt zu deiner neuen Freundin – wie heißt sie doch gleich?"

Jettes Teint hatte eine rötliche Färbung angenommen, als sie antwortete: „Gaby."

„Ob dir der Kontakt zu Gaby so guttut. Wie ist sie in der Schule?"

„Sie ist begabt, selbst in Mathe", erwiderte Jette. „Ihr fällt das Lernen leicht."

„Was man von dir nicht behaupten kann."

Renata Grubenmacher war soeben zur Tür hereingekommen. Sie schüttelte den Kopf. „Detlef, nun verbiete ihr doch nicht diese eine Freundin, die sie hat. Sie muss auch mal unter Gleichaltrigen sein dürfen. Genug, dass man sie mobbt, nur weil wir uns einen gehobenen Lebensstandard leisten können."

„Ach, mobben nennst du das?", ereiferte sich Detlef. „Ich behaupte, das ist schlicht und ergreifend Neid.

Den gab es früher schon, als noch niemand das Wort ‚Mobbing' kannte."

„Nenn es, wie du willst, aber es ist schwierig für sie, zumal sie neu in der Schule ist. Da bin ich dankbar, dass sie so ein bodenständiges Mädchen wie Gaby kennengelernt hat."

Jette war froh, in ihrer Mutter eine Verbündete zu wissen. An ihren Vater gewandt sagte sie: „Dann lass mich doch allein zur Schule fahren, mit der U-Bahn, wie die anderen es tun. Ist doch nicht weit bis zum Trutz. Wenn du mich dauernd mit deinem Porsche bringst, dann ist es doch klar, dass ich zum Außenseiter werde."

„Zum Außenseiter", äffte Detlef seine Tochter nach. „Ich habe nie gehört, dass man, wenn man zeigt, was man hat, zum Außenseiter wird."

„Ich wäre jedenfalls lieber so wie die anderen. Freunde sind mir wichtiger als der ganze Protz." Jette senkte den Blick, weil sie ahnte, dass ihr Vater ihr wieder Kontra geben würde.

Detlef sah seine Frau an und hob die Schultern. „Ich mach's wie van Hamel, der Calvinist."

Renata erwiderte seinen Blick. „Van Hamel?", fragte sie mit Neugier in der Stimme.

„Abraham van Hamel hat das damalige Höllhaus gekauft und es zur Goldenen Waage umbauen lassen. Er war reich und zeigte als Calvinist gerne seinen Reichtum, indem er aufwendige und teure Verzierungen anbringen ließ. Sehr zum Leidwesen der Frankfurter, die im Mittelalter Prunk und Protz verpönten. Er aber setzte sich durch, und wenn es nötig war, sogar vor Gericht. Und siehe da, er hat recht behalten. Heute ist die Goldene Waage das berühmteste und nobelste Haus der Neuen Frankfurter Altstadt. Hamel besaß im

Übrigen noch einige andere Häuser. Soll doch jeder zeigen, was er hat, wenn ihm danach zumute ist. Was interessieren uns die Neider? Eines kann ich dir sagen, Jette, Neider wirst du immer haben."

„Ich wäre lieber wie die anderen", wiederholte Jette.

„Meine Güte, bist du empfindlich! Das musst du von deiner Mutter geerbt haben, von mir hast du es nicht."

Jette kämpfte mit den Tränen.

„Ach, Detlef, sieh dir an, was du angerichtet hast. Musst uns doch mit deiner Laune nicht das Wochenende verderben", schimpfte Renata und strich Jette sanft über das Haar.

„Weil ich die Wahrheit sage? Seid doch nicht so empfindlich. Bisschen dick ist sie, diese Gaby, mit der kann man sicher keinen Blumentopf gewinnen."

„Langsam reicht's." Renata war aufgesprungen.

Jette sah ihre Mutter aus traurigen Augen an: „Da redet Papa vom Mobben und tut es selbst." An ihren Vater gewandt fuhr sie fort: „Du kennst sie doch gar nicht! Gaby ist nett, warum hast du denn was gegen sie?"

„Ich kenne sie nicht?", fragte Detlef. Sie lungert doch dauernd hier herum. Das reicht ja wohl, um mir ein Bild zu machen. Was macht der Vater noch mal?"

„Er ist bei der Kriminalpolizei", warf Renata ein.

„Das hat mir gerade noch gefehlt – ein Schnüffler! Die warten doch nur darauf, herumzuspionieren."

„Detlef, ich weiß gar nicht, warum du in letzter Zeit so gereizt bist." Renata sah von ihm zu ihrer Tochter. „Mach dir nichts draus, Jette. Natürlich darfst du dich mit deiner Freundin treffen, sie ist hier jederzeit willkommen."

„Danke, Mama", antwortete Jette erleichtert.

„Dass du hier wohnst! Ich wünschte, mein Vater würde uns hier eine Wohnung mieten“, sagte Gaby und sah begeistert aus Jettes Zimmerfenster. „Ich denke jedes Mal, wenn ich hier rausschaue, dass ich mich im Mittelalter befinde. All diese schönen Fachwerkbauten. Immer wieder entdecke ich Details an den Fassaden, die ich zuvor noch nicht gesehen habe. Warst du schon gegenüber im Struwwelpeter-Museum?“

Jette schüttelte den Kopf. „Hat noch nicht geöffnet. Wenn du so begeistert von der neuen Altstadt bist, könnte ich ja mal meinen Vater fragen. Bestimmt kann er euch mit einer passenden Wohnung weiterhelfen.“

„Ach nein, nicht nötig. Mein Vater will hier nicht leben, wegen der fehlenden Parkplätze, und außerdem möchte er nicht mitten in der Stadt wohnen. Er sagt, er ist ja eh den ganzen Tag im Präsidium. Da braucht er abends etwas mehr Natur.“

„Schade, hier wohnen nicht viele Jugendliche in meinem Alter. Echt blöd. Willst du einen Kakao?“

Gaby stimmte zu, und nachdem Jette sie dazu aufgefordert hatte, setzte sie sich an die Bar vor der offenen Küche. Ein gemütlicher Platz, wie Gaby fand. Sie liebte diese moderne Bauweise. Zu Hause hatten sie eine ganz normale Küche. Ein kleiner Raum, dessen Tür ihre Mutter schloss, wenn sie kochte, damit die Essensdünste nicht in die anderen Zimmer drangen. Hier war man beim Hantieren in der Küche mittendrin in der tollen Wohnung. Gaby konnte sich nicht sattsehen. „Was ist eigentlich hinter der Tür?“, fragte sie und zeigte auf die einzige Tür, die immer verschlossen war, wenn sie zu Besuch kam.

„Ach, das ist bloß das Büro meines Vaters. Da dürfen wir nicht rein, nicht mal meine Mutter.“

Gaby war erstaunt. „Wieso denn nicht?"

„Keine Ahnung, er bewahrt da Unterlagen auf und irgendwelche geheimen Dinge, glaube ich."

„Geheimnisse?" Gaby machte große Augen.

Jette grinste. „Nein, eher nicht, ich stell mir das nur so vor, weil er die Tür immerzu versperrt. Aber er sagt, er kennt uns, und wir würden früher oder später doch nur Chaos bei ihm anrichten."

Gedankenverloren starrte Gaby auf die verschlossene Tür. „Bei uns gibt es keine Geheimnisse – im Gegenteil, manchmal erzählt Papa uns sogar von seinen Fällen."

Jette hatte mittlerweile den Kakao zubereitet, stellte die beiden Tassen auf den Bartresen und nahm neben Gaby Platz. „Wie aufregend. Hat dein Vater mit echten Mördern zu tun?"

Gaby genoss das Interesse ihrer Freundin und sorgte für Spannung, indem sie erst einmal genüsslich von ihrem Kakao trank und die Antwort ausstehen ließ. „Oh, der ist lecker! Ja klar hat mein Papa mit Mördern zu tun – ausschließlich. Er ist ja kein Polizist, sondern Kriminalkommissar. Zusammen mit seinen Kollegen bekommt er die kompliziertesten Fälle auf den Tisch." Gaby wusste, wenn ihr Vater sie so reden hören würde, er wäre nicht begeistert, und außerdem würde er sie wieder mal für altklug halten. Aber er brauchte ja nicht alles zu wissen. Sie war in der Lage zu verantworten, was sie sagte und was nicht.

„Erzähl doch mal!", forderte Jette sie auf. „Das klingt verrückt. Wenn das mein Vater wäre, dann würde ich alles über seine Fälle wissen wollen."

„Na ja", lenkte Gaby ein, „so ist das leider nicht. Wenn eine Ermittlung läuft, ist mein Vater verschwiegen.

Aber er hatte da mal so einen Fall, da wurden Leichen in einer Fechenheimer Fabrik gefunden. Gruselig, kann ich dir sagen! Und die mussten da rein, mein Papa und sein Kollege."

„Ernsthaft?"

„Ja, und du wirst es nicht glauben, sie fanden eine Leiche in einem Wasserfass."

Jette wurde blass. „In einem Fass? Nicht dein Ernst, oder?"

„Doch, und eine Frau war in dem Raum gefangen gehalten worden. Um nicht zu verdursten, hat sie aus diesem Fass getrunken."

„Was, etwa aus dem Fass mit der Leiche?"

Gaby nickte. Sie war stolz über das, was sie wusste, wenngleich sie von einem schlechten Gewissen geplagt wurde, weil sie so viel von diesem Wissen preisgab. Andererseits war der Fall doch längst aufgeklärt und von der Presse gehörig ausgeschlachtet worden. „Klar. Stell dir mal vor, wie verzweifelt man sein muss, um das zu tun. Aber bevor man verdurstet ... Hättest du das etwa nicht getan?"

„Niemals!" Jette verzog entsetzt das Gesicht. „Ich wäre verdurstet." Nach einer Weile fragte sie: „Hast du eigentlich keine Angst um deinen Vater?"

Gaby dachte nach. „Ich bin es ja nicht anders gewohnt."

„Besitzt er denn eine Schusswaffe?"

Gaby nickte. „Klar, eine HKP30."

„Oh Mann, was du alles weißt! Hast du die mal in der Hand gehabt?"

Gaby antwortete nicht sofort. Sie überlegte, ob sie darüber reden sollte? Ach, warum denn nicht. „Ja, klar", sagte sie, „kann eigentlich jeder. Die Waffen liegen im Kriminalmuseum. Man kann eine Führung buchen. Ist gruselig dort. Da liegen die original Mordinstrumente und alle möglichen Gegenstände von berühmten Tatorten." Ihr Vater hatte sie einmal dorthin mitgenommen. Fast eine Stunde hatten sie in dem Museum verbracht. Am meisten hatten Gaby ein paar original nachgebaute Tatorte fasziniert. Zum Beispiel zum Mord an der Edelprostituierten Rosemarie Nitribitt. Sie war 1957 in ihrer Wohnung ermordet worden, und noch heute rätselte man, wer der Täter gewesen war. Die Nitribitt und sogar ihr Hund waren in der Position, in der man sie später gefunden hatte, als Puppen nachgestellt worden. An den Wänden des Museums und im Mittelgang standen Glasvitrinen, in denen original Kleidung und Waffen von spektakulären Mordwaffen ausgestellt wurden. Und dann gab es da den Tisch, auf dem Waffen aus verschiedenen Epochen der Polizeigeschichte zu besichtigen waren. Natürlich waren sie mit Ketten gesichert, doch durfte man sie in die Hand nehmen. Gaby war erstaunt gewesen, wie schwer die Pistolen waren. Ihr Vater hatte ihr zu Hause nämlich noch nie gestattet, seine HKP30 in die Hand zu nehmen, da die Waffe stets geladen war.

Jette seufzte. „Mein Vater würde nie gestatten, dass ich mir so etwas ansehe. Ich kann über seinen Job eigentlich gar nichts erzählen. Höchstens so langweilige Bausachen. Aber er hat beim Wiederaufbau der Goldenen Waage mitgeholfen – na ja, der eigentliche Architekt war er nicht."

„Die Goldene Waage?"

Jette nickte. „Das Haus steht direkt am Dom, da hängt eine goldene Waage dran, deshalb der Name. Und der Chefarchitekt hat auf eigene Faust zwei goldene Drachen als Wasserablauf angebaut. Die sind vielen Frankfurtern ein Dorn im Auge. Kann sogar sein, dass die eines Tages wieder runtermüssen. Die soll es früher nämlich nicht gegeben haben. Genauso wie die goldenen Herzen oben an der Fassade."

„Ich würde da gern mal reingucken. Gefällt mir sicher."

„Kannst du bald, ist aber noch nicht fertig. Ich denke, es wird dir gefallen, obwohl viele meinen, dass es kitschig ist. Übrigens, der Mann, der das im Mittelalter erbaut hat, der war Zuckerbäcker. Er hat in dem Haus viele Flüchtlinge untergebracht – Glaubensflüchtlinge. Die Politiker sind stolz auf das Haus, denn seine Geschichte spricht dafür, dass die Frankfurter schon damals liberal waren. Jedenfalls war unten ein süßes Kaufhaus drin, und bald kommt ein Café rein." Jette hielt einen Moment inne und lächelte. „Das Haus hat ein Geheimnis."

Gaby riss die Augen auf: „Ein Geheimnis?"

„Ja, das Belvederchen."

„Das was?"

Jetzt kicherte Jette. „Ich wusste, dass du nicht weißt, was das ist. Das Belvederchen ist ein Dachgarten. Im Mittelalter hatten viele Häuser so ein Belvederchen, na ja, weil die Luft da oben besser war als in den stinkigen und stickigen engen Straßen und man da oben außerdem seine Ruhe hatte. Draußen vor den Häusern gab es ja keine Gärten."

„Haben die Straßen denn so gestunken?"

„Und wie! Besonders in der Altstadt, sagt mein Vater: Es gab ja keine Kanalisation. Man hatte Fäkalieneimer, die jeden Morgen abgeholt wurden. Dazu kam der Hühner- und Viehmarkt, da konnte man jede

Menge Federvieh kaufen, das hat gewaltig nach Mist gestunken. Man stellt sich das heute alles so romantisch vor. Dabei war das Mittelalter eine harte Zeit. Es sieht zwar alles aus wie damals, aber glaube mir, früher hätte man dort nicht wohnen wollen. Dazu kamen noch Epidemien – die Pest zum Beispiel."

„Und das Belvederchen ist jetzt so etwas Besonderes?"

„Ja, es bekommt sogar ein Dach und einen Wandbrunnen. Aber man weiß nicht mehr genau, wie die Decke des Häuschens früher ausgesehen hat; es gibt nichts Brauchbares, was drüber geschrieben steht. Aber sie wird von einer Kunsthistorikerin himmelblau gestrichen und mit Geigen und anderen Instrumenten verziert – mit gemalten Instrumenten natürlich. Und im Hinterhaus wird das Stoltze-Museum fertiggestellt, mit einem hölzernen Treppenhaus. Man denkt, man lebt in einer anderen Zeit."

„Du hast es dir schon angesehen?"

„Ich durfte mir das schon ein paar Mal anschauen."

„Mein Vater sagt, dass die Frankfurter geteilter Meinung sind, was das Altstadtviertel betrifft", sagte Gaby.

„Ja, ich weiß. Und mein Vater ist der Meinung, dass in einigen Jahren kein Mensch mehr darüber redet, wenn die Häuser erst mal alle belebt sind und Patina angesetzt haben. Dann hat die Stadt dadurch nur ein schöneres Gesicht bekommen, verstehst du?"

Gaby nickte. Sie hatten über den Römerberg natürlich auch im Geschichtsunterricht gesprochen. Bis auf das Steinerne Haus, das am unteren Ende des Römerbergs unversehrt stehen geblieben war, hatten die Kriegsbomben den gesamten Altstadtbereich in Schutt und Asche gelegt. Sämtliche Bauten, sowohl der Römer selbst als auch die Nebengebäude, waren Rekonstruktionen. Und sie waren auch heute noch beliebte Tourismusziele. Die neu entstandene Altstadt rundete das Gesamtbild der Stadt auf gelungene Weise ab.

4

Detlef Grubenmacher stand vor dem luxuriösen Einfamilienhaus im Bad Homburger Hardtwald, das er für einen Frankfurter Immobilienmakler gebaut hatte. Die Säulen im Eingangsbereich stammten von einem Stuckateur und Steinmetz, der schon seit 2012 in der Neuen Frankfurter Altstadt beschäftigt war. Einer der Besten, wie Grubenmacher immer wieder erwähnt hatte, ein Mann mit absoluter Fachkenntnis in beiden Gewerken. Alonzo Pérez – er war spanischer Herkunft – sprach leider nur gebrochenes Deutsch, aber seiner Kompetenz tat das keinen Abbruch. Er hatte die Säulen dieser Luxusimmobilie gebaut, die den Originalen im Haus Goldene Waage zum Verwechseln ähnelten. Pérez war jedoch nicht der einzige Fachmann vor Ort. Grubenmacher rekrutierte Spezialisten immer nur, solange sie hier gebraucht wurden, bis die Arbeiten in der Altstadt, für die sie ebenfalls engagiert waren, endgültig abgeschlossen waren. Dort wurde bereits am Feinschliff gearbeitet.

Grubenmacher setzte Pérez stets aufs Neue ein. Häufig zusammen mit dessen Landsmann Rodrigo Sanchez, der beinahe fließend Deutsch sprach und das eine oder andere Mal für Pérez übersetzte, wenn man bei ihm zumindest in der Fachsprache nicht recht weiterkam. Doch gab es in letzter Zeit oftmals Beschwerden über Pérez, nicht zuletzt von Sanchez, der sogar kürzlich eine handfeste Auseinandersetzung mit ihm ausgefochten hatte. Pérez, der fachlich der Bessere war, forderte seit einiger Zeit ein deutlich höheres Gehalt, und er äußerte oft, dass er Sanchez' Feinarbeiten übernehmen müsse, da der kein Steinmetz sei.

An diesem Tag drehte es sich einmal mehr um Pérez, wegen dem Mark Kleveberg, der Bauherr, Detlef Grubenmacher um ein Gespräch gebeten hatte. Der zückte gerade sein Handy, um einen Kunden anzurufen, als der rote Ferrari in der Einfahrt parkte und Kleveberg ausstieg.

„Warten Sie schon lange?", fragte der smarte Börsenmakler und sah auf seine Uhr. „Ich bin nicht zügiger durch den Verkehr gekommen."

„Kein Problem, Herr Kleveberg", erwiderte Grubenmacher. „Ich bin die Sache mal durchgegangen: Wenn die letzten Arbeiten meiner Mitarbeiter so rasch voranschreiten, können Sie schon in wenigen Wochen einziehen."

Klevebergs Blick wirkte skeptisch. „Dann kommen Sie mal mit und schauen sich das an."

Grubenmacher folgte seinem Auftraggeber durch die Eingangshalle, die nach Klevebergs Wunsch dem Eingangsbereich der Goldenen Waage glich und somit den entsprechenden Details der Frankfurter Altstadt beinahe identisch nachempfunden war. Kleveberg hatte jedoch einen etwas eigentümlichen Wunsch geäußert. So hatte er Pérez beauftragt, die Gesichter von sich, seiner Frau und ihren beiden Kindern als Skulpturen in die Ecken des Deckenstucks einzuarbeiten – für Pérez eine Kleinigkeit. Die Köpfe der Kinder hatte Grubenmacher bereits gesehen. Die Ähnlichkeit war frappierend, eine Glanzleistung des Stuckateurs. Insgeheim wunderte sich Grubenmacher über den Geschmack Klevebergs, doch war der Kunde bekanntermaßen König, zumindest wenn er entsprechend dafür zahlte.

Kleveberg wandte sich der rechten Ecke der Halle zu und deutete hinauf zu der hohen Decke. „Sehen Sie das?"

Eine Fratze starrte ihnen entgegen. Was auf den ersten Blick wie der lebendig gewordene Teufel anmutete, trug unverkennbar Klevebergs Gesichtszüge. Grubenmacher unterdrückte den Impuls zu lachen. Die Arbeit war sensationell ausgeführt worden. „Das ist merkwürdig." Nachdenklich kratzte er sich am Kinn und wandte sich der vierten Skulptur zu. „Während Ihre Frau getroffen zu sein scheint."

Klevebergs Gesicht verzog sich, und er ähnelte nun noch mehr seinem modellierten Konterfei aus Gips. „So nehme ich das nicht ab!", verkündete er mit barschem Ton. „Das ist eine bodenlose Frechheit, was sich der Kerl da rausgenommen hat."

Bedauernd hob Grubenmacher die Schultern. „Leider kann ich Pérez gerade nicht zur Rede stellen, er arbeitet heute in der Altstadt."

„Ich sage es Ihnen noch einmal", fuhr Kleveberg fort: „Das ist der Gipfel der Unverschämtheit, und ich werde diese Arbeit nicht abnehmen! Pérez soll es runterreißen und neu machen."

„Das wird das geringste Problem sein, Herr Kleveberg."

„Pah, das denken Sie. Ihr Vorzeigestuckateur weigert sich nämlich."

Jetzt war Grubenmacher verblüfft. „Sie haben mit ihm gesprochen?"

Kleveberg nickte. „Mit Sanchez' Unterstützung habe ich ihm erklärt, dass er keinen Pfennig bekommt, wenn er den Schund nicht abreißt."

„Und was hat er gesagt?"

„Nichts! Er hat sich erdreistet, auf den Boden zu spucken und mich einfach stehen zu lassen."

„Nicht Ihr Ernst."

Wütend lief Kleveberg in der Halle auf und ab. „Fragen Sie, wen Sie wollen. Die Unterhaltung wurde hier recht lautstark geführt, deshalb gibt es genügend Zeugen."

„Ich glaube Ihnen, aber weshalb hat er Sie denn so verunstaltet? Gibt es Ihrer Meinung nach dafür eine Erklärung?"

Kleveberg winkte ab. „Ich habe ein paar Lächerlichkeiten bemängelt, um einige kleine Ausbesserungen gebeten. Die wollte er nur gegen einen unverschämten Aufpreis vornehmen. Ich habe daraufhin so etwas gesagt wie: ‚Lern erst mal Deutsch, bevor du Forderungen stellst.' Na und? Ich bin hier der Bauherr, und ich bestimme! Ich lass mich doch von so einem Kerl – einem Handwerker – nicht erpressen."

Grubenmacher verstand. Pérez sah sich als den Künstler, der er war. Aus eigener Erfahrung wusste Grubenmacher um dessen eigenwilliges Wesen. Auch er geriet so manches Mal mit dem Mann aneinander. Pérez hatte ihn schon vor langer Zeit an seine Grenzen gebracht, und er würde viel darum geben, wenn er den Spanier endlich loswürde. In diesem Fall jedoch hatte er beinahe Verständnis für Pérez. Fast erschien es Grubenmacher wie eine Wiedergutmachung dafür, dass er diese kitschigen Skulpturen akzeptieren musste, die seinem Ruf schaden konnten. „Ich nehme ihn mir zur Brust, Herr Kleveberg", versprach er. „Da ich aber schon einmal hier bin, würde ich gern mit Ihnen über die letzten Einzelheiten sprechen."

Kleveberg nickte missmutig.

„Im Eingangsbereich sollte die gleiche Farbe verwendet werden wie in der Goldenen Waage. Bleibt es dabei?"

„Dasselbe Rot", bestätigte Kleveberg. „Und vergessen Sie nicht: Ich will eines der drei original schmiedeeisernen Gitter für mein Entree."

„Genau da kommen wir zum springenden Punkt: Ich kann Ihnen ein originalgetreues Abbild fertigen lassen, aber das echte Gitter, das bekomme ich nicht hin, Herr Kleveberg, völlig unmöglich."

Kleveberg zeigte sich erzürnt. „Sie haben mir damals zugesagt, dass ich einige Originale bekommen kann. Wenn Ihre Leute vom Fach sind, dann überzeugen Sie mich wenigstens dieses Mal davon. Sollen die doch ein Plagiat für die Altstadt erstellen. Zwei Originale reichen schließlich. Ich bewahre natürlich Stillschweigen über die Echtheit des Gitters. Die Sache ist für mich von äußerster Wichtigkeit. Bei der Summe, über die wir sprechen, sollte das doch wohl möglich sein, Herr Grubenmacher."

Der schüttelte entschieden den Kopf. „Bei allem, was recht ist: Ich tue, was ich kann. Ich werde Ihnen ein oder zwei original Aquarelle besorgen, von mir aus auch ein Möbelstück. Die Originale sind alle noch vorhanden, und einige kann ich Ihnen anbieten. Glauben Sie mir, mehr kann ich nicht tun."

„Da ist das letzte Wort nicht gesprochen, Herr Grubenmacher. Dann muss ich noch mal über den Gesamtpreis nachdenken. Das, worüber wir hier gerade sprechen, war ja der Grund, weshalb ich mich beim Bau für Sie entschieden habe. Ich bin mehr als unzufrieden, von dem Murks unter der Decke mal abgesehen."

Grubenmacher überlegte, wie er seinen Kunden gnädig stimmen konnte. „Ich habe ein paar echte Highlights für Sie, die machen den Murks da oben locker wieder wett."

Kleveberg beharrte auf seinen Forderungen. „Es ist ein Höchstpreis, den ich biete."

„Glauben Sie mir, Sie sind auch der Kunde mit der höchsten Priorität – aber das Gitter …" Grubenmacher dachte nach. Experten konnten ein Plagiat auf einen Blick vom Original unterscheiden, erst recht in der neuen Altstadt, auf der im Moment der Fokus ruhte. Es war absolut unmöglich, auf Klevebergs Forderungen einzugehen. Ein paar Möbelstücke könnte er ihm verkaufen, jedoch nicht viele. Vielleicht konnte er Kleveberg stattdessen ein paar echte antike Mosaiksteine anbieten, das war weniger auffällig. „Herr Kleveberg", begann er, „Ihrem neuen Anwesen stünden ein paar antike Mosaiksteine gut zu Gesicht. Dieser Bau ist eine Meisterleistung, und er braucht nicht viele echte Details, um noch exklusiver zu wirken. Als ich vorhin hier vorgefahren bin und die Fassade betrachtet habe, da dachte ich, dass Sie mit Fug und Recht stolz sein können, der Eigentümer dieses Prunkstücks zu sein."

„Was ich kann oder nicht kann, Herr Grubenmacher, das brauchen Sie mir nicht zu sagen. Es reicht schon, dass im Inneren fast alles nachgemacht wurde. Wenn man es nicht mit Originalen mischt, dann wirkt es kitschig."

Grubenmacher kommentierte das Gesagte nicht. Dass der Luxusbau bereits jetzt vor Kitsch strotzte, behielt er besser für sich.

„Sie wollen doch nicht, dass ich Ihre Arbeit öffentlich infrage stelle", fuhr Kleveberg fort. „Denken Sie an unsere Übereinkunft. Und sagen Sie dem Idioten, dass ich ihn eigenhändig umbringe, wenn er die Skulptur nicht verändert."

Auf der Rückfahrt nach Frankfurt schaltete Grubenmacher Bluetooth auf seinem Handy ein. Als sich die Telefonanlage seines Wagens mit dem Handy verbunden hatte, wählte er die Nummer von Pérez. „Alonzo, hör zu, ich bin in einer halben Stunde auf deiner Baustelle, wir sollten uns unterhalten. ... Du verstehst mich genau. Hör auf, mich zu verarschen, verdammt noch mal, sonst kriegst du richtigen Ärger. ... Was willst du? Etwa mich erpressen? Das könnte dir so passen, zieh dich warm an, mein Lieber. ... Was? Du verstehst nicht? Du weißt ganz genau, was ich meine." Grubenmacher beendete das Gespräch und gab Gas.

„Alonzo, es reicht, hör auf mit der Scheiße. Mehr geht nicht. Wo ist Sanchez, verdammt noch mal?"

Pérez hob die Schultern. „Nix da ist."

Grubenmacher war stinksauer. Er bebte innerlich. Pérez begriff weitaus mehr, als er angab zu verstehen. „Nun mal langsam. Ich bin mir sicher, du weißt, was ich meine. Die Skulptur bei Kleveberg. Was fällt dir dazu ein?"

„Skulptur?", fragte Pérez unschuldig.

„Die Fratze, du Idiot! Warum hast du das gemacht?"

„Er mich verarscht hat, ist seine Schuld, guckt genauso misch an."

Grubenmacher schüttelte zornig den Kopf. „Was ist bloß in letzter Zeit mit dir los? Überall eckst du an. Du solltest froh sein, dass du überhaupt Aufträge bekommst, verdammt noch mal!"

Pérez hob die Schultern und setzte eine Unschuldsmiene auf. „Nix verstehen."

Außer sich vor Wut fuhr Grubenmacher ihn an: „Ich lass mir das von einem Arbeiter wie dir nicht bieten, verstanden? Beseitige gefälligst den Pfusch und mach deine Sache ordentlich!"

Wieder der unschuldige Blick.

Was für ein hinterhältiger Schauspieler, dachte Grubenmacher.

„Isch nix bekomme Geld genug, musse lebe, Frankfurt teure Stadt. Sanchez nix gegge misch, aber nimmt mir Arbeit weg. Habe gesehe, habe das in meine Kopp." Er tippte sich an die Stirn. „Kanne isch alle packen aus, wann isch möschte."

„Deine Erpressungsversuche sind kriminell, Freund, ich warne dich!" Wutschnaubend verließ Grubenmacher die Baustelle.

5

Wir standen auf dem Riedbergplatz. Zunächst aßen wir eine Pizza im Park Avenue, danach wechselten wir ins La Piazza, wo Bettina und ich einen Espresso bestellten, während Gaby ein Eis bevorzugte.

„Siehst du, Papa, hier pulsiert das Leben, oder?", sagte Gaby und leckte genüsslich an ihrer Eiskugel. „Und du hast vor allem einen Blick in Richtung Frankfurt. Stell dir vor, wenn wir in dieser Reihenhaussiedlung ein Häuschen mit einem kleinen Garten hätten. In Seckbach haben wir nur einen Balkon."

Ich schob mir ein Kaugummi in den Mund. „Und in der Altstadt hätten wir nicht einmal den. Ich sitze aber zu gern wenigstens hin und wieder im Freien."

„Gaby, da hat Papa recht." Endlich unterstützte mich Bettina. „Schlag dir bitte die Altstadt aus dem Kopf."

Ich lehnte mich beruhigt zurück.

„Ihr seid uncool", motzte Gaby. „Mit der Zeit zu gehen ist alles. Aber ihr seid so festgefahren. Ich seh' es ja ein, wenngleich ich enttäuscht bin." Sie sah erst mich, dann Bettina mit leuchtenden Augen an. „Wisst ihr, dass viele dieser alten Renaissancebauten früher einen Dachgarten hatten?"

Bettina nickte. „Ja, wie hießen die doch gleich?" Sie zog die Stirn in Falten und überlegte.

„Belvederchen", antwortete Gaby.

Ich lachte. „Ich stelle mir die alten Hessen vor, wie sie den Namen aussprachen. ‚Bellwedärsche' werden die gesagt haben. Im Vergleich zu heute sprach ja kaum jemand Hochdeutsch, um nicht zu sagen, niemand."

Gaby nickte. „Goethe sprach Hessisch. Wusstet ihr, dass seine Tante in der Altstadt wohnte? Sie wurde sogar in dem Buch ‚Dichtung und Wahrheit' erwähnt."

Ich staunte. „Was du alles weißt!"

„Und Familie Goethe wohnte für eineinhalb Jahre bei Tante Melber, während ihr eigenes Haus umgebaut wurde."

Auch Bettina schien beeindruckt. „Überlege dir, eines Tages Kunsthistorik zu studieren", schlug sie Gaby vor.

„Und wisst ihr was? Bei der Krönung des Kaisers – ich glaube, es war Karl der Siebte, das war 1742..."

Ich schmunzelte über die Präzision der Ausführungen meiner Tochter.

„Da hat Johanna Maria, also Tante Melber, da hat sie dem vorbeifahrenden Kaiser ‚Vivat!' zugerufen. Und was, glaubt ihr, hat er daraufhin getan?"

„Keine Ahnung", sagte Bettina.

„Er hat vor ihr den Hut gezogen. Irre, was?"

„Du kannst ja bald eine eigene Stadtführung anbieten", warf Bettina ein. „Damit könntest du dein Taschengeld deutlich aufbessern."

„Kann ich das?"

Ich lachte. „Du weißt eben doch nicht alles. Aber ich weiß eines ganz genau, auch wenn du mich jetzt als uncoolen Papa abstempeln wirst: Vorerst bleiben wir Seckbach erhalten. Ich brauche meine, nenn es von mir aus ländliche Idylle. Wenn dort eine größere Wohnung oder ein kleines Häuschen frei wird, bin ich gerne bereit, darüber zu diskutieren."

Bettina sah ihre entsetzt dreinblickende Tochter milde an. „Dein Vater hat recht, Gaby, wir passen nicht hierher.“

6

„Kleveberg hat mich angerufen. Du hast das immer noch nicht ausgebessert! ... Bist du vollkommen übergeschnappt? Ich habe dir genug unter die Arme gegriffen, hör ein für alle Mal auf mit dem Scheiß! ... Was? Du weißt genau, was ich sage. Oder lern zur Abwechslung endlich Deutsch, das wäre mal ein Anfang. ... Rodrigo kriegt die besseren Jobs, sagst du? Da solltest du dich mal fragen, weshalb. Weil man mit ihm reden kann. Für dich braucht man ja jedes Mal einen Übersetzer! Außerdem muss er eine ganze Familie versorgen, du nicht. ... Doch, du verstehst, was ich meine. ... Jaaa, ich weiß, du bist Handwerker. Aber ich entscheide das nicht immer allein." Detlef war mittlerweile so laut geworden, dass Renata, die im Wohnzimmer saß, unfreiwillig jedes Wort mit anhören musste. „Hör auf, ihn zu erpressen, verdammt noch mal! ... Was? ... Natürlich weißt du, was ich meine. Ich unterstütze dich nicht länger, ist das klar? ... So ein Schwachsinn, er wird dich schon nicht umbringen. So was sagt er, weil er wütend ist. ... Dann geh halt zur Polizei, dich versteht doch ohnehin kein Mensch!"

Die Tür von Detlefs Arbeitszimmer schwang auf und er stampfte heraus.

„Was ist denn mit dir los?", wollte Renata wissen.

„Ach, Ärger auf der Baustelle. Da fühlt sich mal wieder jemand benachteiligt."

„Wer denn?", hakte Renata nach. „Ich habe doch alle Abrechnungen rausgeschickt."

„Jaja, das ist alles okay, hat damit nichts zu tun. Ich regle das schon."

„Und wieso soll er zur Polizei gehen?"

Detlef winkte mit einer entschiedenen Geste ab. „Pérez gönnt seinem Kollegen nicht die Butter auf dem Brot und behauptet, der würde ihm nicht nur die Jobs wegnehmen, sondern ihn auch noch bedrohen. Was weiß denn ich!"

„Er redet von Bedrohung? Das klingt ja schrecklich! Sollte man das nicht der Polizei melden?"

„Halt dich fern von diesen Schnüfflern!" Detlef drohte mit dem Zeigefinger.

„Und wieso sagtest du, er soll dich nicht erpressen?"

Detlef stutzte und sah seine Frau entgeistert an. „So was soll ich gesagt haben?"

Renata nickte.

„Du solltest nicht so viel an verschlossenen Türen lauschen, und wenn schon, dann hör gefälligst genau hin. So etwas habe ich nicht gesagt!"

„Ich habe nicht gelauscht", protestierte Renata. „Du bist nur sehr laut geworden, Detlef. Da konnte ich nicht umhin zu hören, was du sagtest."

Detlef ging in die Küche und nahm sich ein Glas aus dem Schrank, holte die Wasserflasche aus dem Kühlschrank, schenkte das Glas randvoll, setzte sich an die Bar und trank es in einem Zug leer.

Renata wartete einen Moment: „Um welche Baustelle geht es denn eigentlich, und kenne ich den Mann?"

„Ich sagte doch, es ist nicht wichtig."

Resigniert schüttelte Renata den Kopf. Gerne hätte sie ihrem Mann gesagt, dass sie das als seine engste Mitarbeiterin sehr wohl etwas anging, doch es war ihr zu mühsam, er würde ohnehin auf stur schalten. Es war schwer, unter ihm zu arbeiten, und oft taten ihr seine Handwerker leid, denn er konnte durchaus cholerisch werden. Sie beobachtete, wie er am Bartresen in sein leeres Glas starrte. Er schien sich ihrer Gegenwart nicht länger bewusst zu sein.

Renata musterte Detlef, den immer elegant gekleideten Mann: teure Hemden, maßgeschneiderte Hosen, der Dreitagebart immer perfekt in Form. Sie fragte sich oft, warum er stets aussah wie aus dem Ei gepellt, während an ihrer Erscheinung unaufhörlich etwas zu bemängeln war – er zumindest mäkelte dauernd an ihr herum. Sie sei zu dick, zu unsportlich, benutze ein unangenehmes Parfum, das falsche Make-up, ihre Haare seien zu lang, der Schnitt unmodern. Dabei legte sie Wert auf ihr Äußeres. Um mit ihm mithalten zu können, quälte sie sich sogar regelmäßig ins Sportstudio, während Detlef von Natur aus mit einem nahezu perfekten Körper ausgestattet war. Sein dunkles Haar trug er stets gegelt, was ihm ein, wie sie fand, leicht unseriöses Äußeres verlieh. Doch würde sie sich hüten, ihm das zu sagen. Sein hitziger Charakter hatte sie gelehrt, ihre Zunge im Zaum zu halten. Seit einigen Tagen fielen ihr an ihm gewisse Unachtsamkeiten auf. Er verzichtete auf die Fliege, die er sonst zu seinen Hemden trug, manches Mal zog er ein Hemd sogar ein zweites Mal an. Das beunruhigte sie, denn sie wusste, dass er das bei anderen Männern verurteilte. Auch fuhr er sich permanent mit der Hand durch die Haare – ebenso untypisch für ihn, denn dadurch lockerte sich sein ursprünglich krauses Haar und ihm hing eine Strähne meist wirr ins Gesicht. Jede andere Frau hätte gefragt, ob irgendetwas ihn bedrücke, doch sie wusste, er würde ungehalten reagieren. Wieder einmal fragte sie sich, ob sie mit ihm zusammenleben würde, wenn Jette nicht wäre. Um sie hatte sie sich in letzter Zeit vermehrt Sorgen gemacht, denn sie sah die Veränderungen, die die Pubertät ihrer Tochter mit sich brachte, und sie bemerkte, dass Jette immer schweigsamer wurde und sich mehr und mehr in sich zurückzog. Ihre kindliche Unbeschwertheit wich einer besorgniserregenden Ernsthaftigkeit. Das hing nicht zuletzt mit Detlef zusammen, da machte sich Renata nichts vor. Er war ein äußerst strenger Vater und ließ bei seiner Tochter nahezu nichts durchgehen. Umso mehr freute sich Renata über den Kontakt, den Jette mit Gaby pflegte, ein, wie sie fand, ordentliches und bodenständiges Mädchen. Ohne große Flausen im Kopf. Wie sie das beurteilen konnte, hatten sich wenigstens die beiden eine Menge zu sagen. Deshalb würde sie keinesfalls zulassen, dass ihr Mann diesen Kontakt unterband. Wenn sie schon sich selbst aufgegeben hatte, dann sollte es wenigstens für Jette besser sein. Oft war ihr in letzter Zeit der Gedanke gekommen, mit ihrer Tochter zurück nach Hamburg zu ziehen, zu ihrer Familie. Sie hatte sich nie recht mit Frankfurt anfreunden können. Außerdem fehlten ihr Familie und Freunde. Sie hätte gern ein paar soziale Kontakte geknüpft, doch Detlef forderte sie im Beruf und im Haushalt so sehr, dass ihr keine Zeit blieb, sich um Freundschaften zu bemühen. Selbst für Jette blieb ihr zu wenig Zeit.

Aktuell schien das jedoch nicht mehr ihr Hauptproblem zu sein. Ein ungutes Gefühl hatte sich in ihrem Innersten eingenistet.

Neuerdings betreute ihr Mann den Bau eines exklusiven Wohnkomplexes im Diplomatenviertel in der

Nähe des Palmengartens. Renata tröstete sich damit, dass die Merkwürdigkeiten, die sie an Detlef feststellte, mit erhöhtem Stress zu tun hatten. Er war ein ehrgeiziger Mann, und seitdem er einer der Architekten war, die am Aufbau der Neuen Frankfurter Altstadt beteiligt gewesen waren, da schien alles, was Renata an ihm einmal liebenswert gefunden hatte, von ihm abgefallen zu sein. Seltsam, dass ihr der eigene Mann mehr und mehr wie ein Fremder erschien.

In den letzten Jahren hatte Detlef des Öfteren an der Börse spekuliert und die Familie beinahe in den Ruin getrieben. Wie es ihm gelungen war, dass sie sich ein so luxuriöses Leben leisten konnten, das war ihr bis heute ein Rätsel. Zwar hatte ihm die Arbeit an der Altstadt ein vernünftiges Gehalt eingebracht, aber die Schulden hatten ja erst einmal abbezahlt werden müssen, und die waren beträchtlich gewesen. Er hatte ihr hoch und heilig versprochen, dass er die Finger vom Spekulieren lassen würde, dennoch beunruhigte sie das ewig verschlossene Arbeitszimmer, und sie fragte sich, was er vor ihr und Jette geheim hielt. Bis vor Kurzem hatte sie geglaubt, er habe eine Affäre, doch seitdem er sich so gehen ließ, erschien ihr dieser Verdacht nicht unbedingt gerechtfertigt.

Renata war alles andere als glücklich gewesen, als sie in die Neue Frankfurter Altstadt gezogen waren. Sie hatte ihr Haus an der Hamburger Binnenalster geliebt. Dort war ihre Heimat gewesen.

Zum Glück kannte sie wenigstens einige Landsleute, die sich im Taunus etabliert hatten. Frankfurt selbst bewohnten die wenigsten Norddeutschen. Sie schwor sich, dass sie sich bei nächster Gelegenheit wenigstens mit ein paar von ihnen treffen wollte.

Mittlerweile hatte sich Detlef ein wenig beruhigt. Er war aufgestanden, hatte die Schultern gestrafft und blickte auf seine Armbanduhr. Dann sah er sie an: „Musst du nicht ins Büro?"

„Aber Detlef, wie immer um zehn."

„Jette!", rief er und sah zu ihrer geschlossenen Zimmertür. „Liegst du etwa noch im Bett?"

Nach einer Weile war die verschlafene Stimme ihrer Tochter zu hören. „Papa, ich habe Ferien."

„Komm bitte mal her!", rief Detlef.

Renata legte ihm beschwichtigend die Hand auf den Arm. „Nun lass sie doch mal ausspannen."

„Halt du dich da raus. Jette, komm bitte sofort her!"

Jettes Tür sprang auf und das Mädchen trat mit wirrem Haar und in ihren Pyjama gekleidet in den großen Wohnraum. „Was hast du heute vor?", fragte Detlef.

„Ich wollte mich nachher mit Gaby treffen – bei dem Traumwetter!"

„Erst wird etwas für die Schule getan. Ich habe dir ein paar Aufgaben auf den Couchtisch gelegt."

„Ach, Detlef", protestierte Renata, „sei doch nicht so streng mit ihr."

Detlef warf ihr einen missbilligenden Blick zu. „Wenn du das Kind allein erziehen müsstest, dann würde es eine Versagerin werden, das kannst du mir glauben." Er wandte sich erneut an Jette. „Ich erwarte, dass du die Aufgaben machst, und zwar bevor du dich verabredest, verstanden?"

„Jaja, Papa."

Detlef nahm sein Sakko von der Garderobe, warf es sich über die Schulter und verließ die Wohnung ohne ein weiteres Wort.

„Oh Mann!", sagte Jette. „Er ist immer so launisch."

„Ja“, Renata nickte und legte ihr tröstend die Hand auf die Schulter, „und das tut mir sehr leid für dich. Papa ist überarbeitet. Dass er so streng ist, hat nichts mit dir zu tun. Um ihn nicht noch mehr zu reizen, wäre es gut, wenn du die Aufgaben gewissenhaft erledigst.“ Sie umarmte ihre Tochter. „Und schaden kann es dir auch nicht. Bis später, mein Schatz, ich muss los.“

Jette seufzte, ging hinüber zum Couchtisch, schnappte sich die Blätter, ohne draufzuschauen, und schlurfte zurück in ihr Zimmer. „Bis heute Abend, Mama.“

7

Detlef Grubenmacher saß im Café Siesmayer am Palmengarten und wartete auf Hauke Wendtland, einen etablierten Bauunternehmer, für den er eine Villa im Diplomatenviertel umbaute. Es hatte Ärger auf der Baustelle gegeben, über den er nicht am Telefon reden wollte. Grubenmacher hoffte, ihm dennoch ein paar Originale verkaufen zu können. Die Ringmappe mit den Fotos hatte er vorsorglich mitgebracht.

Dieser April war sehr warm und viele Menschen tummelten sich auf den Straßen und im Café. Grubenmacher hatte Glück gehabt und einen Tisch gefunden, an dem sie ungestört waren. Die Sehnsucht nach Sonne und Licht stand den Menschen ins Gesicht geschrieben. Jedes Mal, wenn er hier saß, nahm er sich vor, dem Palmengarten einen Besuch abzustatten, doch seine Zeit ließ es momentan nicht zu. Er hatte gerade Kaffee bestellt, als Wendtland die Terrasse betrat. Sein Gesichtsausdruck deutete an, dass dies kein angenehmes Gespräch werden würde. „Bringen Sie mir eine Tasse Kaffee“, sagte er zu der Bedienung, bevor er an Grubenmachers Tisch Platz nahm.

„Es geht momentan doch voran auf der Baustelle“, begann Grubenmacher das Gespräch, nachdem sie einander nickend begrüßt hatten. „Ich habe vorhin mit dem Bauleiter telefoniert.“

Wendtland lachte ironisch. „Der hat ja keine Ahnung.“

Grubenmacher sah ihn fragend an.

Wendtland zog eine Zigarette aus einem silbernen Etui, steckte sie sich in den Mund und zündete sie mit einem goldenen Dupont-Feuerzeug an. Er inhalierte tief, bevor er sprach: „Es geht um das halbe Gesicht."

„Sie meinen das Original, das ich Ihnen habe einbauen lassen – den Pfosten also? Ich finde, Pérez hat die zweite Gesichtshälfte nahezu perfekt modelliert."

„Ihnen hat er nichts gesagt?"

„Was denn?"

„Er will 10 000 Euro dafür haben, dass er den Mund hält. Andernfalls will er mich anzeigen, wegen Diebstahls von Eigentum der Stadt Frankfurt. Er hat sich anders ausgedrückt, hat mir aber verständlich gemacht, was er meint. Das dürfte ja nicht allein mir schaden, Herr Grubenmacher. Da hängen Sie dann ebenfalls mit drin."

Grubenmacher zitterte innerlich. Er begann, Pérez zu hassen.

„Hören Sie", setzte Wendtland fort. „So geht das nicht weiter. Was haben Sie denn für illoyale Mitarbeiter? Ich habe neulich schon Sanchez entlassen."

„Sie haben was?"

„Sanchez entlassen. Er hatte ständig Stress mit Pérez. Die hatten sich so heftig in der Wolle, dass ich beinahe die Polizei gerufen hätte. Da hab' ich Sanchez gesagt, er soll sich nicht mehr blicken lassen, und jetzt macht Pérez solchen Ärger."

„Sie haben recht", bekräftigte Grubenmacher, „das geht gar nicht. Ich werde mit ihm reden. Wie ich annehme, war es die falsche Entscheidung, Sanchez wegzuschicken. Er kann zwar nicht so filigran arbeiten, aber das ist Jammern auf hohem Niveau, glauben Sie mir."

„Sie haben mir doch Pérez immer ans Herz gelegt, Herr Grubenmacher. Ich versichere Ihnen, wenn er mich anschwärzt, dann ziehe ich Sie da mit rein." Wendtland hielt einen Moment inne, als er die Ringmappe sah, die Grubenmacher vor sich auf dem Tisch liegen hatte. „Zeigen Sie mal her, vielleicht kommen wir da ja ins Geschäft. Was haben Sie denn dort?"

Grubenmacher schob ihm die Mappe zu.

Wendtland ließ sich beim Blättern Zeit, sein Augenmerk auf die Möbel gerichtet.

„Sind Originale des Zuckerbäckers, Abraham van Hamel, der die Goldene Waage 1605 kaufte und für seine Zwecke umbauen ließ."

Wendtland nickte anerkennend. „Donnerwetter, Sie sind ja ein Fuchs! Wenn ich mich beispielsweise für einen Stuhl entscheiden würde ... Ich könnte mir den hier", er zeigte auf einen der abgebildeten Stühle, „für meinen Schreibtisch vorstellen."

Grubenmacher sah um sich, doch niemand nahm Notiz von ihnen. „3 000, aber nur wegen des Ärgers, den Sie hatten. Ein absoluter Vorzugspreis."

Wendtland sah Grubenmacher entgeistert an. „Haben wir uns nicht verstanden? Wir betreiben hier Schadensbegrenzung. Den Stuhl bekomme ich als Wiedergutmachung, Grubenmacher."

„Herr Wendtland, Vorsicht, so geht das nicht. Glauben Sie, es ist mir nicht zu Ohren gekommen, dass Sie regelmäßig Schwarzarbeiter auf Ihren Baustellen einsetzen?"

Jetzt war es an Wendtland, ein verdutztes Gesicht zu machen.

„Die Schwarzarbeiter stehen ja immer noch in der Nähe der Europäischen Zentralbank herum, nicht? Ich habe gerade neulich wieder gesehen, wie gleich mehrere für eine Baustelle rekrutiert wurden. Aber keine Sorge, Herr Wendtland, wir machen einen ordentlichen Vertrag. Ich werde Sie nicht hinters Licht führen – Sie mich aber genauso wenig!"

Wendtland verschränkte die Arme vor der Brust und sah Grubenmacher unverwandt an. „Herr Grubenmacher, warum verhökern Sie das alles? Oder anders herum: Weshalb behalten Sie es nicht selbst?"

Grubenmacher ließ sich Zeit mit der Antwort und nippte an dem heißen Kaffee, den die Bedienung ihm inzwischen gebracht hatte. „Sagen wir so: Ich bin ein Freund von Liebhaberstücken und freue mich, wenn ich für meine Kunden Schmuckstücke finde, kleine Details, die glücklich machen."

„Ach so." Wendtland grinste. „Völlig selbstlos."

Grubenmacher lachte. „Aber zur Sache: Kommen wir ins Geschäft?"

Wendtland überlegte. „Ich denke schon, wenn wir das geeignete Objekt finden. Die Geschichte des Zuckerbäckers ist doch unten in dem ehemaligen Kaufladen in den Stuck eingearbeitet, oder?"

Grubenmacher nickte. „Großartige Arbeit, diese Rekonstruktion."

„Könnte mich bei einem meiner Projekte durchaus interessieren. Sanchez soll das machen, da würde ich ihm eine zweite Chance geben. Pérez will ich nicht mehr."

„Klar kann Sanchez das", sagte Grubenmacher, obwohl er ihm das nicht zutraute. Aber das sollte seinem Geschäft momentan nicht im Wege stehen.

Wendtland nickte: „Ich nehme den Stuhl. Aber ich zahle nicht mehr als 2 000 Euro, mein letztes Wort. Darf ich fragen, wie Sie an all die Originale gekommen sind?"

Grubenmacher grinste, dann schüttelte er den Kopf. „Wichtig ist, dass ich sie habe. Alles andere ist für Sie nicht von Interesse. Mit dem Preis bin ich ausnahmsweise einverstanden, aber Sie müssen mir einen Vertrag unterschreiben." Er tippte mit dem Finger auf die Mappe, zog ein Schriftstück aus seiner Aktenmappe, die er neben sich auf den freien Stuhl gelegt hatte, und übergab es Wendtland. „Lassen Sie sich Zeit beim Lesen."

Unterdessen bestellte er zwei weitere Tassen Kaffee und lehnte sich in seinen Stuhl zurück. Schmunzelnd dachte er an den spektakulären Unfall in der Altstadt.

Die Goldene Waage war eines der letzten Häuser, die im Krieg zerstört worden waren. Das gesamte Mobiliar war rechtzeitig ausgelagert worden und sollte in dem neu entstandenen Haus nun endlich wieder zum Einsatz kommen. Bedauerlicherweise hatte es beim Transport auf der Braubachstraße einen Unfall mit einem Lieferwagen gegeben, bei dem der Anhänger des Möbelwagens zu Schaden gekommen war – er war umgekippt. Der Lieferwagen des Unfallverursachers gehörte zum Konvoi des Transports. Dass Grubenmacher den Unfall inszeniert hatte, wurde in dem Chaos nicht bemerkt. Den Lieferwagen steuerte einer der Handwerker, den er gut kannte und der ihm schon mehrfach kleine Gefälligkeiten erwiesen hatte. In einem dritten Fahrzeug war unbemerkt ein weiterer Handwerker gefolgt. Hinter ihm im Ladebereich hatten Schwarzarbeiter gesessen – wenn das Wendtland wüsste –, die, bevor die Polizei alarmiert und der Abschleppwagen angefordert worden war, einen Teil der Originale hatten umladen und durch eine Menge Schotter und Holzbruchstücke ersetzen können. Die Männer waren in all dem Chaos nicht bemerkt worden. Außerdem hatte glücklicherweise niemand den Verdacht geschöpft, dass es sich um falschen Schutt handelte. Von einigen Aquarellen hatte Grubenmacher vorab Plagiate anfertigen lassen. Genau diese waren durch den Bauschutt dermaßen beschädigt worden, dass kein Mensch jemals auf die Idee kommen konnte, etwas könne nicht gestimmt haben.

Dieser Unfall war nie an die große Glocke gehängt worden, handelte es sich bei den ruinierten Gegenständen doch um geschichtliches Erbe. Ein Armutszeugnis für alle Beteiligten, dass so etwas hatte geschehen können.

Grubenmacher begeisterte sein cleveres Gaunerstück. Er wusste, dass es ein riskantes Unterfangen gewesen war und diese Tat ihn ins Gefängnis hätte bringen können. Im Nachhinein jedoch war er sich nicht sicher, woher er den Mut genommen hatte. Doch die Verzweiflung über seine finanzielle Misere – all die Schulden, die ihm durchs Zocken entstanden waren – hatte ihn zu der Tat getrieben. Hinterher hatte er all seine Helfer großzügig ausbezahlt, bis auf die Schwarzarbeiter, sie hatten sich mit einem kleinen Betrag zufriedengegeben. Von ihnen drohte ihm kaum Gefahr, wie er annahm, da sie auf der Hut waren, um nicht selbst in Schwierigkeiten zu geraten. Deshalb war es umso wichtiger für ihn, dass er alles, was sich in seinem Besitz befand, hochpreisig anbot und möglichst schnell loswurde.

Wendtland hatte sich mit der Durchsicht der Mappe Zeit gelassen, doch nun zückte er seinen Kugelschreiber und unterschrieb. „Ich überweise Ihnen das Geld gleich morgen. Aber bringen Sie Pérez zur Vernunft!“

Grubenmacher nahm den Vertrag entgegen, unterzeichnete ihn und reichte Wendtland den Durchschlag. „Damit bin ich, was den Stuhl betrifft, aus dem Obligo, aber Sie wissen, Sie werden es nie bereuen. Als Liebhaber, wie Sie einer sind, bekommen Sie nie etwas Besseres für dieses Geld. Direkt nach Eingang des Betrages bringe ich Ihnen den Stuhl höchstpersönlich."

Wendtland winkte der Bedienung und zahlte. „Ich darf Sie einladen, Herr Grubenmacher? Ich sage Ihnen in den nächsten Tagen Bescheid, sollte ich mich zusätzlich für ein oder zwei Aquarelle entscheiden."

„Danke, Herr Wendtland. Wenn dann noch welche vorhanden sind, können Sie zuschlagen. Ich habe heute allerdings noch einen letzten Kunden." Grubenmacher hütete sich zu erwähnen, dass sich dieser Mann ausschließlich für Steine – und zwar für die verbliebenen Mosaiksteine – interessierte. Aber man konnte ja pokern.

Grubenmachers Laune hatte sich deutlich gebessert, als er seinen Porsche in die Myliusstraße steuerte. Er hatte bis auf die paar Steinchen alles verkauft und war nun um einen ordentlichen Betrag reicher. Die Mosaiksteine würde er gleich an einen Herzchirurgen verkaufen, für den er eine spektakuläre Wohnung im Westend umbaute. Er war mit Dr. Jobst Gerlach im Ristorante da Luca verabredet, dessen Stammitaliener. Gerlach war einer der führenden Onkologen der Frankfurter Uniklinik.

Grubenmachers Arbeitszimmer war bis auf ein paar Aquarelle clean. Belastende Unterlagen hatte er bereits vernichtet, und niemand würde ihm nachweisen können, was er im Nebenbau des Roten Hauses so alles gelagert hatte. Heute würde er vermutlich noch ein paar

Tausend Euro extra verdienen, denn Gerlach wollte die Mosaiksteine für seine Küchenwände erwerben. Was waren das doch für Idioten, die sich um die Originale aus der Altstadt rissen, ohne jemals öffentlich darüber reden zu können. Aber er musste ja nicht alles verstehen.

Die finanziellen Sorgen hatte er fürs Erste aus dem Kreuz. Pérez jedoch bereitete ihm mehr und mehr Kopfzerbrechen. Er musste versuchen, ihn loszuwerden. Sobald er die letzten wichtigen Arbeiten erledigt hatte, würde er ihn an einen Kollegen verweisen. Sollte der sich mit ihm rumschlagen.

Die Aquarelle würde er in den nächsten Tagen sicher verkauft haben. Dann wäre in seinem Arbeitszimmer genügend Platz, um für Jette einen zweiten Schreibtisch einzurichten. Das hatte den Vorteil, dass er sie bei den Hausaufgaben besser im Blick haben würde. Und wenn sie mehr zusammen waren, würde er auch wieder einen Draht zu ihr finden. Außerdem hatte er sich vorgenommen, freundlicher mit ihr umzugehen. Wenn er ab jetzt mehr Zeit mit ihr verbrachte, konnte er sie von dieser unsäglichen Gaby abbringen. Jette hatte schon mehrfach geäußert, dass sie Gaby in Seckbach besuchen wolle. Aber dieser Stadtteil kam gar nicht infrage. Der Lohrberg in der Nähe – was konnte dem Kind da alles zustoßen! Nein, das würde er zu unterbinden wissen. Es war nämlich nicht auszuschließen, dass man sein Kind entführte.

Mit Mühe und Not hatte er einen Parkplatz in der Feldbergstraße gefunden. Vorm Eingang des Lokals brannte ein Windlicht, das die besondere Atmosphäre des Lokals ausmachte. Der Besitzer hatte ein Händchen für schöne Dekoration. Gerlach war schon da. Er saß direkt an der Bar und winkte ihm zu. Er war ein gut aussehender Typ mit seinen grauen Haaren und dem leicht gebräunten Teint. Grubenmacher schätzte ihn auf Ende 50.

„Da sind Sie ja!“ Gerlach war aufgestanden und schüttelte ihm mit festem Druck die Hand.

„Entschuldigen Sie, aber die Parkplatzsuche gestaltete sich im Westend heute Abend durchaus schwierig.“

Gerlach nickte. „Da haben Sie recht, und außerdem gibt es hier leider fast ausschließlich Anwohnerparkplätze. Wird aber in Frankfurt ohnehin bald überall der Fall sein. Trotzdem gefällt es mir hier, und Sie werden sehen, das Essen ist ausgezeichnet.“ Er winkte die Bedienung herbei. „Schenken Sie meinem Freund bitte ein Glas Weißwein ein.“ Er sah Grubenmacher an. „Ich habe mir erlaubt, für uns eine Flasche Lugana zu bestellen. Sind Sie einverstanden?“

„Ich werde ohnehin nicht mehr als ein Glas trinken, ich muss fahren.“

Gerlach lächelte. „So genau?“

„Herr Doktor, ich kann mir nicht leisten, meinen Führerschein zu verlieren. Allein schon wegen der vielen Baustellen, die ich außerhalb betreue, wäre das eine Katastrophe.“

Gerlach nickte. „Verständlich. Worauf haben Sie Appetit, Herr Grubenmacher?“

„Was essen Sie denn?“

„Leber. Kann ich nur empfehlen. Auf venezianische Art und mit einer köstlichen dunklen Soße. Ich wage zu behaupten, dass man sie kaum besser bekommt.“

„Nehme ich.“

Gerlach bestellte für beide, dann erhob er sein Glas. „Aufs Geschäft. Haben Sie die Steinchen denn dabei?“

Grubenmacher nickte. „Ist ja nur Mosaik, liegt im Auto." Er hatte die Mappe mit den Bildern mitgebracht und schob sie Gerlach rüber. „Da können Sie sich sämtliche Steine ansehen." Alle nicht relevanten Seiten hatte er aus der Mappe entfernt. Gerlach brauchte von den anderen Dingen nichts zu wissen. Er sollte glauben, der einzige Kunde zu sein.

„Preis wie vereinbart?"

Grubenmacher nickte. „5 000."

„Kann man noch mal drüber reden?"

„Herr Doktor, entweder Sie wollen etwas, was sonst niemand hat, oder ich klebe Ihnen nur die normalen Fliesen an die Wand. Ist für mich gar kein Problem."

„Okay. Ich werde sie nehmen, war ja nur 'ne Frage."

„Sie nehmen sie sicher?"

Gerlach nickte.

Grubenmacher zog den vorbereiteten Vertrag aus der Aktentasche. „Hier unterzeichnen Sie mir, dass Sie die Steine auf dem Flohmarkt gekauft haben. Den Stand und die Leute haben Sie nie wiedergesehen. Verstehen Sie? Das Lokal ist im Übrigen ein großartiger Tipp, Herr Doktor. Ich bin hier sicher nicht zum letzten Mal gewesen. Dieser Italiener gefällt mir richtig gut. Und man ist in der Ecke, die Sie für uns ausgesucht haben, völlig für sich. "

„Freut mich", sagte Gerlach. Er widmete sich dem Vertrag ausgiebig und sah sich die Fotos an, bevor er unterzeichnete. Dann zog er ein Kuvert aus seiner Brusttasche und reichte es Grubenmacher. Der öffnete es, überprüfte den Betrag und steckte das Kuvert in seine Aktentasche.

Gerlach winkte der Bedienung. „Ich darf Sie einladen?"

Grubenmachers Handy klingelte. Er nickte Gerlach zu und nahm das Gespräch an. „Grubenmacher? ... Ja? ... Das ist doch wohl nicht dein Ernst! ... Mach keinen Mist, du würdest es sonst bitter bereuen! Wir sehen uns morgen früh um sieben. Sei pünktlich!" Ihm war sämtliche Farbe aus dem Gesicht gewichen, als er den Anruf beendete. „Entschuldigen Sie bitte, Doktor Gerlach, war dienstlich!"

„Ist etwas passiert? Sie wirken erzürnt."

„Nein, der übliche Ärger auf der Baustelle, weiter nichts. Aber wenn es Ihnen recht ist, dann gehen wir jetzt zu meinem Auto."

8

26. April 2019

„Morsche, Chef!“ Ich gähnte und sah auf die Uhr. Sieben Uhr morgens. „Jetzt störst du mich nicht nur im Urlaub, sondern auch noch im Schlaf. Ruf mich in einem Stündchen wieder an, ja?“ Ich wollte das Gespräch gerade wegdrücken, da sprach Hesse auch schon weiter.

„Das würde ich zu gern, Chef, aber ich fürchte, das war's mit deinem Urlaub – na ja, ist ja am Wochenende eh beendet.“

Ich rieb mir die Augen. „Muss ich das verstehen?“

„Wirst du gleich. Steh auf und hol dir einen Kaffee, du wirst ihn brauchen.“

„Bernd, willst du mir auf die sanfte Tour beibringen, dass ich gekündigt wurde, oder was?“

„So ist es nicht. Es ist mehr so, dass dein Typ verlangt wird.“

„Ach ne, ich bin doch nicht der einzige Idiot in der Mordkommission.“

„Na ja, manchmal ist es in der Tat idiotisch.“

„Schieß los“, knurrte ich.

„Hast du schon mal was vom Belvederchen gehört?“

Ich schmunzelte. „Glaubst du, ich bin von gestern? Der Dachgarten im Haus Goldene Waage, Neue Frankfurter Altstadt natürlich. Was ist damit?“

„Da wurde vor 20 Minuten von so einer Kunsthistorikerin eine männliche Leiche entdeckt. Sind schon ein paar Kollegen da, wollen aber dich.“

„Das gibt's doch nicht!"

Ich schwang meine Beine aus dem Bett und setzte mich aufrecht hin.„Ich sollte mein Handy nicht mit ins Schlafzimmer nehmen. Da beschäftige ich mich mehr oder weniger die letzte Zeit unfreiwillig mit der Neuen Frankfurter Altstadt, und jetzt erzählst du mir was vom Belvederchen."

Ich stand auf und lief zum Stuhl, auf dem meine Jacke lag. Mit einem gezielten Griff in die Innentasche zog ich ein Kaugummi raus.

„Was knistert denn da in der Leitung?", hörte ich Hesse fragen.

„Ich muss nachdenken, Moment." Ich schob das Kaugummi in den Mund und begann, es weich zu kauen. Es knackte. „Verdammt!"

„Sag ich ja", stimmte Hesse mir zu.

„Verdammter Mist!"

„Was ist los, Lutz?"

Ich antwortete nicht, sondern zog das Kaugummi aus dem Mund. Daran hing meine Zahnbrücke.

„Hat's dir die Sprache verschlagen, Chef?"

„Wenn's mal nur die Sprache wäre", entgegnete ich und seufzte. „Setze mich schnellstmöglich in Bewegung, bis dann."

Bettina war während des Gesprächs aufgewacht und hatte den Rest des Telefonats mitbekommen. Besorgt sah sie mich an. „Zeig mal her, was ist los?"

Ich hielt ihr meine Hand mit dem erschütternden Inhalt hin.

„Puh, das wird teuer", stöhnte sie.

„Sei bloß still! Wenn Gaby das erfährt, wird sie triumphieren, sie hat mich ja immer gewarnt."

„Sie ist zu ihrer Freundin gefahren“, sagte Bettina. „Aber, Lutz, das ist ja schrecklich. Soll ich dir schnell einen Termin beim Zahnarzt machen?“

„Ja, bitte, aber erst für morgen. Mir ist gerade ein Mord dazwischengekommen.“

„Oje! Wo?“

„In der Neuen Frankfurter Altstadt.“

„Ich werde verrückt. In der Altstadt? Hoffentlich ist Gaby in Sicherheit! Läuft der Täter da etwa frei herum?“

„Ich bin kein Hellseher. Ich muss jedenfalls gleich hin.“

„Und ich werde Gaby anrufen.“ Bettina nahm ihr Handy vom Nachttisch.

Als ich 20 Minuten später vor Ort eintraf, standen Hunderte von Schaulustigen an den Absperrbändern. War ja klar. Die Altstadt war momentan die Hauptattraktion Frankfurts und täglich gut von Touristen besucht, sodass wir hier nicht unbemerkt arbeiten konnten.

Hesse eilte mir entgegen. „Was war denn das vorhin für ein schreckliches Geräusch am Telefon?“

Ich zog ihn in eine Nische neben der Treppe und öffnete meinen Mund.

„Ach du Scheiße, wer hat dir denn eine verpasst?“

„Witzig! Ich sage nur: Kaugummi!“

„Tja, du wirst dir ein neues Hobby suchen müssen. Aber tröste dich: Wenn du nicht lachst, dann sieht man nichts. Was du übrigens hier siehst, ist eher zum Heulen.“

Oben auf dem Belvederchen bot sich mir der folgende Anblick: Ein Mann kniete, uns mit dem Rücken zugewandt, vor einem Wandbrunnen. Dieser Brunnen –

hatte Gaby nicht davon erzählt? Der Kopf des Mannes hing unnatürlich tief nach unten in den Brunnen gebeugt, wie der Kopf einer Marionette, deren Fäden man hatte fallen lassen.

„Weiß man schon, um wen es sich handelt?"

Hesse schüttelte den Kopf. „Er hatte nichts bei sich, nicht einmal ein Portemonnaie oder irgendeinen Schlüssel. Da vorne ist der Arzt." Er deutete auf einen Mann, der direkt neben der Leiche stand.

„Weigand, Mordkommission. Herr Doktor?"

„Doktor Schmitt. Ich wurde gerufen, um den Totenschein auszustellen, Herr Kommissar, nehme ich an. Ist ein Genickbruch, wie ich das beurteilen kann. Und sehen Sie das?" Er deutete auf eine kleine blutige Stelle am Hinterkopf. „Sieht aus, als habe jemand den missglückten Versuch unternommen, ihm den Schädel einzuschlagen."

Ich beugte mich über die Leiche. „Ja, sieht ganz so aus."

„Wir werden ihn im rechtsmedizinischen Institut genauer untersuchen, dann weiß ich deutlich mehr."

„Sieht nicht nach einem Unfall aus, oder?"

„Eher nicht, aber möglich ist alles. Wie gesagt, wir werden das genauer feststellen." Dr. Schmitt verabschiedete sich von mir.

Ich wandte mich wieder an Hesse. „Hast du schon die SpuSi informiert?"

„Klar, kommen jeden Moment."

„Hat sie die Leiche entdeckt?", fragte ich und deutete mit dem Kopf in Richtung einer bleichgesichtigen Frau.

Hesse nickte. „Sie ist hier für die Deckenbemalung verantwortlich."

Ich ging auf die junge Frau zu. „Weigand, mein Name, Kriminalkommissar."

„Nina Rudolph", sagte die Frau leise und blickte zur Leiche, als könne diese durch ein lautes Gespräch zum Leben erweckt werden.

„Sie haben den Mann heute Morgen entdeckt, Frau Rudolph?"

Die Frau nickte und ihr stiegen Tränen in die Augen. „Ja, wissen Sie, ich wollte mich wie jeden Tag an die Arbeit machen." Sie deutete auf die himmelblaue Decke des Pavillons. „Ist ja bald fertig, wie Sie sehen."

„Aha."

„Ach, verzeihen Sie, woher sollen Sie das wissen. Also, wie Sie sehen können, wird der Pavillon mit Geigen verziert, aber da fehlen einige. Ich mache die Zeichenarbeiten."

Ich warf einen kurzen Blick auf die Bilder. „Begabt."

„Danke schön. Ja, ich kam hier hoch und habe nicht gleich erkannt, was da nicht stimmt, hatte aber sofort so ein komisches Gefühl, verstehen Sie? Ich kenne das, ich hatte mal ..."

„Und dann haben Sie ihn doch entdeckt", unterbrach ich ihren Redeschwall.

„Genau. Wissen Sie, es ist komisch, aber man denkt ja nicht, dass da ein Toter hockt. Sah für mich so aus, als sei er dabei, in den Brunnen zu kotzen. Was war ich ärgerlich! Schon wegen des Schrecks, verstehen Sie? Und weil hier keiner was zu suchen hat. Es konnte sich nur um einen Mann vom Bau handeln – meiner Meinung nach."

Ich nickte. Mir waren die unterschiedlichsten Reaktionen der Menschen bekannt, die auf eine Leiche gestoßen waren. Manche weinten nur, andere wurden völlig hysterisch oder erlitten einen Schock und reagierten überhaupt nicht. Und dann gab es diejenigen, die redeten wie ein Wasserfall. Bei Nina Rudolph hatten wir es offenbar mit letzterem Phänomen zu tun.

„Ich rief: ‚Was machen Sie denn da? Für Fremde ist hier der Zutritt verboten!'" Sie sah mich kurz an und sprach sogleich weiter. „An den genauen Wortlaut kann ich mich natürlich nicht erinnern, tut mir leid."

Ich schüttelte den Kopf. „Macht nichts."

„Nicht dass ich mich strafbar mache. Ich habe mit der Sache nichts zu tun, verstehen Sie, nicht das Geringste. Ich könnte nie einem Menschen ein Haar ..."

„Was passierte dann?", unterbrach ich sie. „Gingen Sie näher heran?"

Nina Rudolph nickte. „Musste ich ja. Ich hätte es lassen sollen, aber ich tat es. Ich nahm all meinen Mut zusammen und tippte ihn an. Vor Angst habe ich mir fast in die Hose gemacht, wissen Sie, man hat ja so einen siebten Sinn, nicht wahr? Ich glaube, ich fragte ihn, ob es ihm nicht gut geht – ja, so war es wohl." Sie überlegte kurz. „Wenn ich ehrlich bin, fragte ich wohl: ‚Haben Sie etwa da reingekotzt? Dann müssen Sie das wegmachen.' Merkwürdig, nicht wahr? Wenn man bedenkt ... na, er antwortete jedenfalls nicht, und da wurde mir plötzlich komisch zumute. Ich rannte nach unten in den Eingangsbereich. Da waren einige Schreiner beschäftigt, wissen Sie, für das Stoltze-Museum, und ..."

„Und dann kamen die Leute mit Ihnen nach oben, und Sie betätigten den Notruf, vermute ich mal."

„Genau." Ein Schluchzer löste sich aus ihrer Kehle.

„Kennen Sie den Mann, Frau Rudolph?"

„Sagen wir mal so: Das, was ich bisher von ihm gesehen habe, kommt mir nicht bekannt vor, nein."

Hesse, der sich zu uns gesellt hatte, sagte: „Sie müssten sich die Leiche dann später noch mal ansehen, wenn sie auf der Bahre liegt."

„Oh Gott!", entfuhr es ihr. „Wenn das sein muss, dann tue ich das natürlich. Ach, ich bin so schrecklich nervös."

„Okay, okay, wir sind ja da, Ihnen kann nichts geschehen." Hesse legte zur Beruhigung einen Arm um die verwirrte Frau.

In diesem Moment kamen die Experten der Spurensicherung unter der Leitung von Swen Dieriks.

„Hallo Lutz, länger nicht gesehen." Der Spurensicherer stellte seinen schwarzen Koffer ab und gab mir die Hand.

„Zum Glück, sollte man in unserem Fall sagen, nicht wahr?"

Dieriks nickte. „Weiß man schon, um wen es sich handelt?" Er machte eine Kopfbewegung in Richtung des Toten.

„Bisher nicht."

Dieriks und die anderen Spurensicherer zogen sich ihre weißen Einmalanzüge an und streiften sich Handschuhe und Kapuze über. „Dann wollen wir mal. Auf los geht's los, Jungs."

Ich wandte mich erneut an Nina Rudolph. „Sagen Sie, können Sie mit dem Namen Detlef Grubenmacher etwas anfangen?"

Die Frau schien erleichtert zu sein, weil sie wenigstens diesen Mann kannte, denn sie sagte. „Ist hier einer der führenden Architekten. Ein fähiger Mann, kann ich Ihnen sagen. Na gut, ein bisschen streng vielleicht, aber ich komme gut mit ihm zurecht."

9

Gaby hatte kaum geklingelt, da öffnete Jette die Tür. „Komm rein! Stell dir vor, hier gleich um die Ecke ist etwas passiert. Hast du nichts gesehen, als du gekommen bist?"

„Doch", antwortete Gaby und trat ein, „da vorne an der Ecke waren Streifenwagen, Notarzt und ein Krankenwagen. Hat sich jemand auf der Baustelle verletzt?"

„Ja, scheinbar, vorne in der Goldenen Waage. Schrecklich, was? Wollen wir mal nachsehen?"

„Nein!", entgegnete Gaby entschieden. „Was meinst du, was mir mein Vater erzählt, wenn der mich dort als Schaulustige sieht. Nein, das geht auf gar keinen Fall."

Jette nickte. „Er hat ja recht. Wenn das in unmittelbarer Nähe passiert, ist das trotzdem gruselig. Aber komm, du musst dir etwas anschauen, ich habe einen neuen Schreibtisch, und rate mal, wo!"

„Keine Ahnung, in deinem Zimmer?"

„Nein, im Büro meines Vaters."

Jetzt machte Gaby große Augen. „Darfst du da endlich rein? Kann ich mal schauen?"

„Na klar."

Der Raum, den sie betraten, war ein echtes Arbeitszimmer, so hatte sich Gaby das Büro eines Architekten immer vorgestellt. Am Fenster stand ein Zeichenbrett, Baupläne lagen herum und alles war stylish, fast clean eingerichtet, wie Gaby fand. Der Schreibtisch, den Herr Grubenmacher in die rechte Ecke des Zimmers gestellt hatte, begeisterte Gaby. Das war ein Schreibtisch, der nicht für Schüler gedacht war, sondern für Erwachsene, die daran viel Geld verdienen wollten. Außerdem ein Prachtstück. Die Arbeitsfläche war aus Glas und die filigranen Beine aus Holz gefertigt. Der dazu passende Stuhl wirkte ausgesprochen nach Chefetage.

„Cool", entfuhr es Gaby.

Jette verzog das Gesicht. „Aber nur, wenn mein Vater nicht da ist. Wenn er hier sitzt, dann kontrolliert er mich ständig, und das ist überhaupt nicht cool. Aber zum Glück ist er ja tagsüber nicht zu Hause, bis aufs Wochenende. Setz dich, wenn du willst."

Gaby setzte sich an Jettes Schreibtisch. Dieser stand dem Fenster gegenüber und von hier aus hatte man einen Blick auf das Haus von Goethes Tante Melber. Darin befand sich seit Neuestem das Struwwelpeter-Museum.

Jette setzte sich an den Schreibtisch ihres Vaters und zog eine Handvoll beschriebener Blätter zu sich heran. „Leider muss ich wieder mal ein paar Matheaufgaben machen, mein Vater hat sie mir aufgegeben, habe erst die Hälfte erledigt. Ich hasse das. Macht das dein Vater auch?"

Gaby schüttelte den Kopf und streckte die Hand aus. „Soll ich das schnell für dich erledigen? Mathe fällt mir nicht schwer."

„Gerne", sagte Jette begeistert, stand auf und reichte Gaby einen Teil der Blätter. „Ich hab´ ein paar Lösungen auf ein Extrablatt geschrieben, weil ich mir nicht sicher war, ob sie stimmen. Kannst du mal nachrechnen?" Sie legte auch das Blatt mit den Lösungen vor Gabys Nase.

Gaby brauchte nur wenige Minuten, dann zerknüllte sie den Lösungszettel. „Da hast du was falsch gemacht. Wo ist der Papierkorb?"

Jette zeigte auf einen Drahtkorb neben dem schwarzen Lackschreibtisch ihres Vaters. Gaby zielte, warf daneben und lachte. „Dafür bin ich unsportlich, im Gegensatz zu dir." Sie stand auf, bückte sich nach dem Papier und warf es in den Korb. Dabei fiel ihr auf dem Boden des Korbes ein roter Gegenstand auf, der in Plastikfolie eingewickelt war. Sie griff danach und zeigte Jette den Gegenstand. „Wow, was ist das denn?"

„Hm, ein Stein." Jette nahm den etwa faustgroßen Stein aus der Folie heraus. „Scheinbar abgebrochen. So sieht er wenigstens aus." Sie drehte und wendete ihn. Von Papas Bau, schätze ich." Achtlos warf sie den Stein zurück in den Papierkorb.

„Wenn es dir nichts ausmacht, würde ich ihn gerne behalten", sagte Gaby. „Sieht faszinierend aus, finde ich, besonders wegen dieser blutroten Farbe."

„Wenn er dir gefällt, klar, nimm ihn. Ist aber nur ein Steinchen hier von diesem Haus, vermute ich. Dieselbe Farbe, nichts Echtes."

„Egal, dann habe ich wenigstens ein Stück von eurem Haus, wenn wir schon nicht in diese Gegend ziehen." Gaby wickelte den Stein wieder in die Plastikfolie und steckte ihn in ihre Jackentasche, die sie über die Stuhllehne gehängt hatte. „Ein Sammlerstück."

Jette lachte. „Glaube ich nicht, sonst hätte mein Vater ihn nicht fortgeworfen. Aber wenn du dich darüber freust."

Mittlerweile war es draußen laut geworden, Scharen von Menschen drängten sich durch die Gassen, und alle schienen dasselbe Ziel zu haben.

Jette und Gaby stellten sich ans Fenster und schauten hinaus.

„Langsam wird's doch komisch", meinte Jette. „Möchte zu gern wissen, was da los ist."

In diesem Moment klingelte Gabys Handy. „Hallo? … Ja, Mama, ich bin bei Jette. … Ja, wieso? … Was, das ist ja schrecklich, was ist denn da passiert? … Nein, wir bleiben im Haus. … Ja, ich werde es ihr sagen. … Nein, mach dir keine Sorgen. … Ja, ich melde mich, bevor ich nach Hause komme. … Nein, nicht im Dunkeln, versprochen. … Ja, du kannst dich auf mich verlassen, das weißt du doch. Tschüss, Mama!" Gaby beendete das Gespräch.

Jette sah sie mit großen Augen an. „Was ist?"

10

Ich lag auf dem Zahnarztstuhl, hilflos und ausgeliefert. Meine Hände schwitzten so, dass sie von den Griffen des Stuhls abrutschten, an denen ich mich festzukrallen versuchte.

„Passiert doch nichts, Herr Weigand, es sei denn, Sie wollen meinen Stuhl auseinandernehmen. Sie haben doch eine Spritze bekommen. Ich ziehe jetzt den Zahn, und beim nächsten Mal besprechen wir, wie es weitergeht. Brücke geht da keine mehr."

Ich hasste es, auf solche Bemerkungen nicht direkt antworten zu können, doch wenn Helferin und Zahnarzt gleichzeitig in meinem Mund herumfuhrwerkten, wurde es eng.

Das machte der Kerl extra, eben weil ich mich nicht zur Wehr setzen konnte. Das war blanker Sadismus, reine Schikane! Doch was das weitere Vorgehen betraf, da war das letzte Wort noch nicht gesprochen. Ich allein entschied über meinen Mund und dessen Inhalt. Und was wollte er denn schon machen, wenn sich keine Brücke mehr einbauen ließ?

Als hätte der Zahnarzt meine Gedanken gehört, murmelte er: „Das werden zwei Implantate."

Im selben Augenblick bildeten sich dicke Schweißperlen auf meiner Stirn und machten sich selbstständig.

„Ach, Herr Weigand, da jagen Sie die schlimmsten Verbrecher, aber hier so empfindlich?" Soweit ich es durch meine zu schmalen Schlitzen zusammengekniffenen Augen sehen konnte, grinste er. „Das ist heutzutage alles kein Problem mehr. Kleine OP, und nach zehn Tagen sind Sie wieder ganz der Alte."

Ich riss die Augen auf, hob die Hand und stöhnte, so laut ich konnte. Hatte ich mir das eingebildet, oder hieß es nicht immer, wenn man die Hand hob, dann machte der Zahnarzt eine Pause?

„Herr Weigand, ich garantiere Ihnen, es gibt Schlimmeres", sagte er stattdessen und probte damit erneut einen Angriff auf meine Kraftreserven.

Wieder stöhnte ich.

„So, jetzt ruckt es gleich ein bisschen, dann haben Sie's geschafft." Nachdem er die Zange angesetzt hatte, zog und zerrte er an meinem Kiefer. „Da weigert sich aber einer", kommentierte er seine Bemühungen: „Na, komm schon da raus!" Ich hatte das Gefühl, er wollte mir den Kiefer brechen. Der Zahnarzt drückte den Backenzahn vor und zurück, hebelte, zog, rüttelte – und mit einer allerletzten Kraftanstrengung klemmte der Zahn in der Zange. Er sah ihn sich an und schüttelte den Kopf. „Sehen Sie sich die Ruine an. Man erkennt ja kaum, dass das einmal ein Zahn war. Dafür hatte er eine riesige Wurzel."

Ich fühlte mich persönlich beleidigt, vor allem weil das mein Zahn war. Ich trennte mich nur ungern von meinem Eigentum, da war ich schon immer empfindlich gewesen.

„Geben Sie ihm einen Becher, er soll den Mund spülen", sagte er zu seiner Helferin.

Mir war schleierhaft, warum er mich nicht direkt ansprach. Meine Ohren funktionierten schließlich noch. Er hatte mich doch nicht meines Trommelfells beraubt.

Nachdem ich den Becher, den mir die Helferin hinhielt, entgegengenommen, kurz ausgespuckt und gespült hatte, drückte mir der Zahnarzt eine Tamponade in das klaffende Loch. „Beißen Sie mindestens zehn Minuten drauf, damit die Blutung stoppt, Herr Weigand. Und dann fahren Sie nach Hause und ruhen sich erst mal aus. Am Empfang geben die Ihnen den nächsten Termin."

Ausruhen? Hatte der eine Ahnung. Ich sah auf die Uhr. Schon zehn. Um 9:30 Uhr hätte ich beim rechtsmedizinischen Institut sein müssen. Todesmutig stürzte ich am Empfang vorbei. „Aber Herr Weigand, Ihr Termin!", rief jemand hinter mir.

Von der Berliner Straße fuhr ich in Richtung Hauptbahnhof. Von dort musste ich über die Friedensbrücke, um auf die Kennedyallee zu gelangen. Bei meinem momentanen Zustand konnte ich mir Besseres vorstellen. Verzweifelt presste ich die Zähne auf die Tamponade, damit die verdammte Blutung endlich versiegte.

Wenig später parkte ich in der Nähe der Rechtsmedizin und spuckte die Tamponade in eine Mülltonne. War das widerlich!

Der Pförtner kannte mich. Besorgt sah er mich an. „Herr Weigand, hat man Sie ... ich meine, haben Sie eine abbekommen?"

„Wo musch isch hin?", nuschelte ich.

„Saal eins, die Leiche wartet schon auf Sie."

Ich warf ihm einen missbilligenden Blick zu.

„Hi,hi, Spaß muss auch mal sein."

Professor Ginsterbach stand mit dem Rücken zu mir über den Seziertisch gebeugt, als ich eintrat. Abrupt drehte er sich um. „Erschrecken Sie mich doch nicht so! Aber gut, dass Sie da sind, Herr Weigand."

„Tag, Profeschor."

Er musterte mich eine Weile. „Hatten Sie einen Unfall?"

„Scho kann man dasch nennen. Schahnarscht."

„Mein Beileid, Herr Weigand, falls ich Sie richtig verstanden habe."

Ich nickte dankbar und deutete auf die Leiche. „Gibtsch wasch Neuesch?"

„Ja, eine ganze Menge. Treten Sie näher, er beißt nicht." Professor Ginsterbach nahm das Tuch vom Gesicht des Toten. „Der Mann ist zwischen 30 und 35 Jahre alt. Fest steht, dass er heute Morgen zwischen sieben und Viertel nach sieben an einem Genickbruch gestorben ist, der ihm gewaltsam zugefügt wurde."

„Alscho Mord."

Der Mediziner nickte. „Ein kräftiger Ruck zur linken Seite, der Mörder war vermutlich Rechtshänder. Und ich bin mir fast sicher, dass es keine Frau war, die das getan hat. Sie müsste schon eine Matrone gewesen sein, um einem athletischen jungen Mann wie ihm das Genick zu brechen. Und schauen Sie hier", er deutete auf den Hinterkopf, der an einer Stelle kahl rasiert war. „Diese blutige Wunde ist durch einen Stein entstanden."

„Ein Schtein?", fragte ich und sah genauer hin. „Woran läscht schisch dasch erkennen?"

„Ganz einfach, sehen Sie hier: Das Loch weist feine Unregelmäßigkeiten auf. Wäre es durch beispielsweise eine Kugel entstanden, dann wäre die Wunde nicht ausgefranst. Womöglich hat der Mörder ihn aber mit dem Schlag nur leicht betäuben wollen, um anschließend leichter den Genickbruch herbeiführen zu können."

Ich betrachtete die Wunde. „Nischt einmal fauschtgrosch", sagte ich. „Bin geschpannt, ob schie den Schtein in der Schwischenscheit gefunden haben."

„Und sehen Sie das hier?" Ginsterbach deutete auf eine dicke bläuliche Schwellung am linken Auge.

„Blauesch Auge, er ischt auf den Brunnenrand gefallen."

Der Professor schüttelte den Kopf. „Sehe ich anders. Er hat einen Fausthieb aufs Auge bekommen. Schauen Sie, man kann sogar die Abdrücke der Fingerknochen erkennen."

Ich nahm ein Taschentuch, ging ein paar Schritte zurück und spuckte hinein, um zu vermeiden, dass mein Blut auf den Leichnam tropfte, während ich mich über ihn beugte. „Schie wischen aber, dasch er mit dem Kopf in dem Brunnen lag, und schwar mit dem Geschsicht nach unten. Er kniete quaschi davor?"

„Das weiß ich", versicherte mir der Professor. „Ich glaube, dass der Faustschlag nichts mit seinem Ableben zu tun hat. Hatte möglicherweise am Abend vorher eine Prügelei. Es handelt sich um eine relativ frische Verletzung. Am Rücken sieht man wiederum die Druckstellen der Hände, als der Mörder ihn gewaltsam gehalten hat, um ihm mit einem seitlichen Ruck das Genick zu brechen. Ein dicker Bluterguss im oberen Rückenbereich könnte darauf schließen lassen, dass ihn der Mörder mit dem Knie an den Brunnen gepresst hat, um mehr Kraft in die Arme zu bekommen."

Ich versuchte mir vorzustellen, wie der Mann zu Tode gekommen war. „Schie schind schisch schischer, dasch die Blutergüsche nischt gleischscheitig mit der Kopfwunde schuschtande gekommen schind?"

„Das blaue Auge verfärbt sich bereits grünlich, während die anderen Blutergüsse dunkel sind. Sie sind neueren Datums."

Ich zückte meine Kamera und machte Fotos vom Gesicht des Opfers und von den übrigen Verletzungen. „Wischtig ischt, dasch wir die Leische identifischieren. Heute Morgen war dasch nosch ischt möglich. Allerdingsch habe isch die beiden letschten Schtunden beim Schahnarscht verbrascht."

„Was ich schwerlich vergessen werde, Herr Weigand."

Mein Handy klingelte, ein Anruf von Hesse.

„Schuldigung, Herr Doktor", murmelte ich und verzog mich in eine Ecke fernab der aufgebahrten Leiche. „Bernd, bin im reschtschtsmedischinischen Inschtitut."

„Morsche, Chef, du scheinst ja noch mal lebend davongekommen zu sein – ich meine vom Zahnarzt. Wenngleich du merkwürdig sprichst."

„Die Schpritsche wirkt halt noch. Worum geht´sch?"

„Du kennst doch den Architekten Detlef Grubenmacher."

„Klar, nischt perschönlisch, aber isch weisch, wer dasch ischt."

„Er war hier, bevor die Leiche abtransportiert wurde. Er kennt den Mann! Wir haben ihm aber nichts über die Todesursache gesagt, das willst du sicher selbst tun."

„Bin in einer halben Schtunde da. Schorg dafür, dasch isch mit ihm schpreschen kann." Ich beendete das Gespräch und wandte mich wieder dem Pathologen zu. „Dasch mit der Identifischierung hat schisch erledigt, Herr Profeschor."

Frankfurt hatte schon immer einiges zu bieten, und es gab viel zu sehen, nicht nur die Skyline, doch wenn man es wie ich eilig hatte, dann konnte man schon mal am Verkehr und den immerwährenden Baustellen verzweifeln. Ich stellte mein mobiles Blaulicht aufs Autodach und gab Gas. Dennoch kam ich mit fünfminütiger Verspätung am Tatort an.

Neben Hesse stand ein nervös wirkender Mann, der ständig auf seine Rolex starrte. Ich urteilte ungern auf den ersten Blick, doch kam mir nur ein Wort in den Sinn, als ich den arroganten Gesichtsausdruck, die schnieke Kleidung und die mit Brillantine nach hinten frisierten Haare sah: Lackaffe.

„Tag, Chef, darf ich bekanntmachen? Der Architekt Herr Grubenmacher – Kommissar Weigand. Er kennt den Toten, oder besser gesagt, er kannte ihn."

Ich wollte Grubenmacher die Hand reichen, doch der gab ihm die linke. „Habe mir eine kleine Verletzung zugezogen, besser nicht anfassen. Nun lernen wir uns wenigstens mal kennen. Ihre Tochter kehrt ja bei uns ein und aus. Ich muss dringend zur nächsten Baustelle, Herr Kommissar."

Die Wundflüssigkeit in meinem Mund hinderte mich daran, mich artikuliert auszudrücken. Es kostete mich einige Überwindung, das Zeug runterzuschlucken, aber zumindest konnte ich nun deutlicher sprechen.

„Herr Grubenmacher, Sie kennen den Toten?"

Er nickte. „Er ist – war – einer meiner besten Leute. Er war Stuckateur und Steinmetz, ein Spezialist auf beiden Gebieten. Ein Naturtalent, könnte man sagen, sein Name ist Alonzo Pérez."

„Herr Grubenmacher, machen wir's kurz", sagte ich. „Ich muss Sie leider zu einer Aussage mit ins Präsidium nehmen. Ihren Termin verlegen Sie daher besser."

Grubenmacher war erzürnt. „Was soll das denn? Ich habe Ihrem Kollegen bereits alles Notwendige gesagt, mehr weiß ich nicht!"

„Das reicht uns in diesem Fall leider nicht. Wir müssen Ihre Aussage zu Protokoll nehmen, denn hier handelt es sich um Mord, und da gibt es nichts zu verschieben! Was wir in den ersten 24 Stunden nicht ermitteln können, ist später kaum aufzuholen."

„Mord?", fragte Grubenmacher. „Aber das ist ja entsetzlich! Wenn ich irgendetwas zur Aufklärung beitragen kann, dann werde ich das natürlich tun. Wie kann denn so etwas sein? Moment, lassen Sie mich wenigstens schnell telefonieren."

Hesse und ich saßen mit Grubenmacher im Vernehmungsraum des Polizeipräsidiums. Mit einem Eisbeutel bewaffnet versuchte ich, meine Wange vorm Platzen zu bewahren. Dann bat ich Grubenmacher, möglichst detailliert zu erzählen, was für unsere Ermittlungen wichtig sein konnte.

„Alonzo Pérez", begann Grubenmacher, „er ist Spanier und 34 Jahre alt. Hatte sich damals als Stuckateur für die Altstadtbebauung beworben."

„Er ist aber kein Schwarzarbeiter, oder?"

„Aber nein!" Grubenmacher machte ein ungläubiges Gesicht. „Einen Schwarzarbeiter zu beschäftigen können wir uns gewiss nicht leisten. Sein Handicap ist – äh, war – dass er kaum Deutsch sprach. Alles andere war top, glauben Sie mir, ein echter Könner. Er hat sich damals zusammen mit seinem etwa gleichaltrigen Kollegen Rodrigo Sanchez beworben. Sanchez ist Stuckateur, aber eben nur Stuckateur. Ebenfalls ein Experte auf seinem Gebiet. Und besser als die meisten, die ich sonst so kannte. Bei den Feinarbeiten war Pérez der Exaktere. Sanchez hat im Lauf der Zeit seinem Kollegen dann allerdings doch den Rang abgelaufen." Grubenmacher stützte sein Kinn auf die Hand. „Alonzo – ich meine Pérez – ist unbegabt, was das Erlernen der deutschen Sprache betrifft. Und es ist mühsam, ihm etwas zu erklären, wenn er es nicht versteht, das gebe ich zu. Manchmal frage ich mich, ob das nur eine Masche ist. Man muss", er stutzte, „Verzeihung, man musste ihm alles mit Händen und Füßen erklären, verstehen Sie? Sanchez hat aber mittlerweile so viel zu tun, dass er nicht länger als Übersetzer zur Verfügung stehen konnte. Das hat Pérez geärgert. Das merkte man, er hatte Sanchez ja hergebracht – und glauben Sie mir, viele wurden abgelehnt. Anfänglich schien mir, dass die beiden Freunde waren, aber mittlerweile hatte sich zwischen ihnen so etwas wie ein Konkurrenzkampf entwickelt. Sie stritten oft vernehmlich. Einmal musste ich sogar dazwischengehen, weil es zu Handgreiflichkeiten gekommen war. Ich dachte schon, sie würden sich gegenseitig die Schädel einschlagen." Plötzlich schien Grubenmacher etwas ins Gedächtnis zu kommen. Seine Augen verengten sich, als er weitersprach. „Du meine Güte, dann war das wohl gestern Abend so was wie ein Hilferuf!"

„Darf ich fragen, was Sie meinen? Bernd, hol mir doch bitte mal ein neues Coolpack, ja?"

Knurrend stand Hesse auf. „Scheiß Kaugummis."

„Bitte fahren Sie fort", forderte ich Grubenmacher auf.

„Ich hatte Ihrem Kollegen bereits davon erzählt. Ich war gestern Abend beim Essen, da rief mich Pérez an." Er machte eine bedächtige Pause, senkte seinen Blick und fuhr dann fort: „Wie gesagt, er spricht gebrochenes Deutsch, doch ich verstand, dass er sich von Sanchez bedroht fühlte. Er sagte, dass es ihm reiche. Entweder Rodrigo oder er." Er blickte auf, sah mich an. „Ja, so ist es gewesen."

„Was wollte er Ihrer Meinung nach damit sagen? Lief das auf eine Kündigung hinaus?"

„Das glaube ich nicht. Ich sagte, er solle keinen Mist machen, wir würden morgen – ähm, heute – darüber sprechen."

„Hatten Sie eine Zeit vereinbart, wann Sie mit ihm sprechen wollten?"

„Wir verabredeten den Vormittag."

„Was meinten Sie damit, als Sie sagten, er solle keinen Mist machen?"

„Seiner Stimme nach zu urteilen war er in diesem Moment außer sich. Sie haben sich ja getroffen, und dann kam eins zum anderen, und dann ..."

„Sie meinen, es kam zu einer handgreiflichen Auseinandersetzung, aus der Sanchez als Gewinner hervorging?"

Grubenmacher zuckte mit den Schultern. „Wäre ja nicht das erste Mal."

Ich fasste an meine schmerzende Wange. Hesse reichte mir den mitgebrachten Eisbeutel.

„Danke." Ich hielt mir den Eisbeutel gegen die zunehmende Schwellung und wandte mich an Grubenmacher: „Leider ist er heute nicht zur Arbeit erschienen, nicht einmal seine Frau hat eine Idee, wo er sich aufhält."

Hesse nickte. „LKA und BKA sind im Einsatz."

„Das klingt für mich als Laie so, als sei er flüchtig, oder?" Grubenmacher schüttelte mit trauriger Miene den Kopf. „Wie konnte er ihm das nur antun?"

Ich hob die Hand. „Langsam, Herr Grubenmacher! Wir wissen nichts, nicht das Geringste. Ich muss Ihnen eine reine Routinefrage stellen, da Sie vermutlich einer der letzten Menschen waren, die mit ihm telefoniert haben. Seine Frau sagt aus, er habe heute Morgen um halb sieben das Haus verlassen. Wo waren Sie um diese Zeit?"

Grubenmacher blickte mich erstaunt an. „Ich? Sie meinen heute? Sie wollen wissen, ob ich ein Alibi habe, verstehe ich das richtig? Das ist ja absurd! Was hätte ich denn davon, Pérez etwas anzutun? Meinem besten Mann, Herr Kommissar!"

„Ich sagte doch, reine Routine. Gehört zu unserem Handwerk wie der Stuckateur zu Ihrem."

„Tja, ich lag noch im Bett. Ich stehe selten vor acht auf."

„Und dafür gibt es Zeugen, oder?"

Grubenmacher überlegte. „Meine Frau geht im Moment morgens joggen – sie glaubt, sie sei zu dick. Aber Jette, meine Tochter, war zu Hause."

Hesse tippte etwas in seinen Computer ein. „Alonzo Pérez hat sich heute Morgen nicht mehr bei Ihnen gemeldet, nehme ich an."

„Nein, sonst wüssten Sie es."

„Waren die beiden Herren momentan auf anderen Baustellen beschäftigt, die Sie leiten?"

Grubenmacher nickte. „Sanchez arbeitete unter meiner Leitung in einer Villa in Bad Homburg. Dort handelte es sich um den letzten Feinschliff. Und Pérez arbeitete auf einer weiteren Baustelle im Diplomatenviertel. Ansonsten waren die beiden mit der Fertigstellung der Altstadt beschäftigt. Pérez arbeitete an der Deckenverzierung des Cafés im Erdgeschoss der

Goldenen Waage. Großartige Arbeit, muss ich schon sagen. Das hat Sanchez extrem geärgert. Mit Pérez hat uns ein echter Spezialist verlassen, das können Sie mir glauben. Er wird eine große Lücke hinterlassen, das ist traurig."

„Nimmst du bitte die Baustellen auf, auf denen Pérez und Sanchez beschäftigt waren?", wies ich Hesse an. „Die Namen der Bauherren und so weiter ..."

Grubenmacher stöhnte. „Wie lange soll ich denn noch hier rumsitzen?"

„Nur bis die Formalitäten erledigt sind, Herr Grubenmacher."

Kaum hatte ich die Wohnungstür aufgeschlossen, da eilten mir Bettina und Gaby entgegen.

„Papa, was war denn da heute in der Goldenen Waage los? Ich war bei Jette, Mama hat mich angerufen. Wer ist da gestorben oder besser gesagt, ermordet worden?"

Ich stöhnte. „Und ich habe geglaubt, ihr seid um meine Gesundheit besorgt. Kein >Wie geht es dir?<, kein >Wie war es beim Zahnarzt?<, nichts als Sensationslust."

„Ach ja, zeig mal her", sagte Gaby und betrachtete mein Gesicht. „Oje, die Backe ist aber dick! Aber sag schon, was ist denn da los? Das ist doch die Baustelle von Jettes Vater."

Bettina war eindeutig die Sensiblere der beiden, sie jedenfalls wahrte den Anschein von Sorge. „Gezogen, was?"

Ich nickte, begleitet von dem, wie ich hoffte, traurigsten aller Dackelblicke, und jammerte weinerlich: „Jaaa."

„Mein armer Schatz, mit zunehmendem Alter passieren solche Dinge."

„Das war jetzt genau der Satz, den ich nicht hören wollte."

„Nun sag schon endlich, Papa: Was ist da passiert?"

„Gaby, das ist eine laufende Ermittlung, darüber darf ich nicht reden."

Gaby verdrehte verdrießlich die Augen. „Komm schon, Papa, als ob du uns sonst nie was erzählst."

In genau diesem Moment hätte ich meinem Kollegen Hesse gern beigepflichtet. Kinder konnten enervierend sein, und wie! „Es tut mir leid, aber in diesem Fall werde ich dir nichts erzählen, nicht das Geringste, da du Herrn Grubenmacher kennst. Interna dürfen nicht nach draußen getragen werden. Versteh das bitte."

„Als ob ich das tun würde! Du müsstest mich doch kennen, Papa. Das ist ein gewaltiger Vertrauensbruch gegen mich." Gaby gab sich beleidigt und trollte sich mit hängendem Kopf. Bevor die Tür ihres Zimmers ins Schloss fiel, rief sie: „Ich ziehe aus, sowie ich es mir leisten kann!"

Bettina und ich grinsten um die Wette, was mir mit meinem schiefen Mund nicht leichtfiel.

„Sie ist halt in der Pubertät", flüsterte Bettina.

„Entschuldige, aber ich musste Gaby heute Mittag anrufen und sie warnen. Ich wusste ja nicht, ob da ein Verbrecher durch die Altstadt rennt, deshalb habe ich ihr verboten, Jettes Wohnung zu verlassen. Das hat aber hoffentlich nichts mit Terror zu tun, oder?" Bettina lag neben mir im Bett und hielt meine Hand.

„Hat es nicht. Du brauchst dich nicht zu entschuldigen, dein Verhalten war völlig in Ordnung."

„Willst du mir sagen, was passiert ist?"

„Da ist ein Handwerker ermordet worden, der Mörder hat ihm das Genick gebrochen. Ein Handwerker, der bei der Altstadtsanierung mitmischt und bei Grubenmacher."

„Ach je. Weiß man, wer das getan hat und warum?"

Ich gähnte. „Wir haben eine vage Vermutung. Möglich, dass es eine Konkurrenzgeschichte war. Er hatte einen Kollegen, dem er die Butter auf dem Brot nicht gönnte, und der wiederum ihm nicht. Scheint flüchtig zu sein, der Kollege, wir fahnden nach ihm." Wieder gähnte ich.

Bettina war in Gesprächslaune. „Besser, als wenn man gar keinen Verdacht hat, nicht? Und du hast Herrn Grubenmacher kennengelernt? Wie ist er denn so? Wüsste ja doch gern, wo meine Tochter verkehrt."

„Wenn ich dir die Wahrheit sagen soll, ist er auf den ersten Blick ein windiger Typ. Mir ist er unsympathisch. Leider kann ich nichts anderes dazu sagen. Aber vielleicht reicht meine Menschenkenntnis nicht aus. Ich hoffe, seine Tochter ist deutlich angenehmer, sonst weiß ich nicht, ob sie auf Dauer der richtige Umgang für Gaby ist."

„Oh, wie schade. Na ja, Lutz, unsere Tochter ist alt genug. Sie mag Jette und kommt mit ihr zurecht. Wir müssen ihr vertrauen, was ihre Freundschaften betrifft. Selbst wenn sie mal Schiffbruch erleidet, das gehört auch zum Leben. Sie wird langsam erwachsen."

Ich sah Bettina ungläubig an. „Erwachsen, mit 14? Das ist nicht dein Ernst!"

„Ich meine doch nur, was ihren Umgang betrifft. Nicht alle Väter sind so nett wie du, haben aber trotzdem nette Töchter."

Ich lächelte dankbar für das Kompliment, und als mir zum wiederholten Mal die Augen zufielen, sagte ich: „Dann hoffen wir, dass sie nicht allzu viel vom Vater abbekommen hat. Nacht!"

Gaby hatte jedes Wort der Unterhaltung mitbekommen, da sie ein Ohr an die Schlafzimmertür gepresst hatte. Normalerweise verurteilte sie das Belauschen von Gesprächen, doch in diesem Fall lag es auf der Hand, dass sie sich über die Entscheidung ihres Vaters ärgerte, ihr den Sachverhalt vorzuenthalten, nur weil sie, seine Tochter, Herrn Grubenmacher kannte. Das war ungerecht, und sie war enttäuscht. Auch sie steckte in dem Fall mit drin, zumindest fühlte sich das so an. So, wie ihr Vater sie abserviert hatte, konnte man nicht mit seiner eigenen Tochter umgehen. Wie oft war sie ihm schon eine echte Hilfe gewesen. Das hatte er ihr selbst gesagt. Er konnte lange warten, bis sie wieder mit ihm Skat spielen würde. Und mal sehen, ob er ohne ihre Einfälle zurechtkam. Selbst wenn sie erst 14 war, das änderte nichts. Auch das, was er über Jettes Vater gesagt hatte, gefiel ihr nicht. Offensichtlich missgönnte ihr Vater ihr den Kontakt zu dieser gut situierten Familie. Warum bloß waren alle Eltern Spießer? Na ja, ihre Mutter war in Ordnung, aber ihr Vater – sie hätte das nie von ihm gedacht. Sie mochte Herrn Grubenmacher selber nicht leiden, hatte sogar fast ein wenig Angst vor ihm, weil er immer so grimmig dreinschaute und seine Tochter dauernd anherrschte, dazu in ihrem Beisein, das war peinlich. So etwas wiederum würde ihr Vater niemals tun. Dennoch, Jette war ihre Freundin, und daran würde niemand etwas ändern.

11

29. April 2019

Der erste Schultag nach den Osterferien hatte begonnen, und ich war froh, dass Gaby heute Morgen keine Zeit mehr hatte, mich zu löchern. Wenngleich ich das Gefühl hatte, dass sie das gar nicht vorhatte. Stattdessen versuchte sie mich weitestgehend zu ignorieren. Die freundlich gemeinten Versöhnungsangebote meinerseits stießen auf wenig Resonanz, besser gesagt, auf taube Ohren. „Magst du meine Kaugummipackungen haben? Ich kann sie nicht mehr gebrauchen."

Gaby verdrehte die Augen. „Ich sage nichts dazu, du bist ja ohnehin beratungsresistent."

Ich fragte mich, wann das Kind damit begonnen hatte, sich zum Klugscheißer zu entwickeln. Als ich in den Badezimmerspiegel sah, musste ich an Professor Ginsterbachs Worte denken. Meine Wange hatte sich bis runter zum Kinn dunkel verfärbt. Morgen würde sie anfangen, eine grünliche Farbe anzunehmen.

Hesse zeigte ein breites Grinsen, als ich das Büro betrat. „Kann dir deine Frau nicht mit Make-up aushelfen? Du siehst ja aus wie einer aus der Provinz, ist mir direkt ein bisschen peinlich."

„Erspar mir deine Kommentare", knurrte ich. „Komm du mal in mein Alter."

„Ich lebe ja insgesamt deutlich gesünder als du. Ich behandle jeden Zahn so, als sei er mein eigener."

„Du warst schon witziger.“ Ich setzte mich an meinen Schreibtisch und fuhr den Computer hoch.

„Ach, Lutz, nimm's nicht so tragisch. Kann ja nicht jeder privat so hart gesotten sein wie dienstlich. Ich nehme an, es ist dir recht, dass ich uns heute Morgen um zehn bei Herrn Kleveberg einen Termin gemacht habe?“

„Hilf mir kurz auf die Sprünge.“

„Der Börsenmakler mit dem Haus im Hardtwald – du weißt schon, Bad Homburg.“

„Wenn ich auch Polizist bin, den Hardtwald kenne sogar ich.“

Hesse verdrehte die Augen. „Heute empfindlich, wie? Gab's Ärger?“

„Ach was, Gaby zickt nur ein bisschen. Nichts Dramatisches.“ Ich blickte auf das Whiteboard, die sogenannte „weiße Wand“, an die wir sämtliche Informationen hefteten, die mit dem Mord in der Neuen Frankfurter Altstadt zusammenhingen. „Hast du auch einen Termin auf der anderen Baustelle ausgemacht? Ich meine die im Diplomatenviertel. Dieser Bauunternehmer hatte doch Pérez ebenfalls beschäftigt, nicht?“

„Ja, hat er, wir treffen ihn im Anschluss an den Besuch im Hardtwald.“

„Na, wenigstens du funktionierst heute Morgen.“

Eine Stunde später standen wir auf dem prachtvollen Grundstück von Mark Kleveberg.

„Wenn mich nicht alles täuscht, dann ist er bereits da“, sagte ich, nachdem ich den roten Ferrari in der Einfahrt entdeckt hatte. „Hast du schon geklingelt?“

„Nicht nötig, ist 'ne Baustelle. Die Tür steht offen, komm!“

In der imposanten Eingangshalle stand ein Mann im Maßanzug und gab einigen Facharbeitern Instruktionen.

„Mensch“, flüsterte Hesse, „das sieht hier ja aus wie in der Goldenen Waage.“

Ich trat einen Schritt näher. „Sind Sie Herr Kleveberg?“

Der Mann drehte sich um. „Kommissar Wiegand, nehme ich an?“

„Weigand“, korrigierte ich ihn und reichte ihm die Hand. „Das ist mein Kollege Hesse.“ Ich deutete auf meinen Partner.

Kleveberg gab Hesse die Hand.

Begeistert sah ich mich um. „Mein Kollege bemerkte schon, es sieht aus wie in der Neuen Frankfurter Altstadt, Ihr stattliches Haus. Man erkennt, dass hier Leute vom Fach gearbeitet haben.“

Kleveberg nickte. „Das ist aber sicher nicht der Grund für unsere Verabredung, nehme ich an.“

„Nein, Herr Kleveberg. Einer Ihrer Handwerker wurde ermordet, Alonzo Pérez, wussten Sie das?“

Kleveberg nickte mit düsterer Miene. „Mein Architekt hat es mir berichtet. Wer tut denn so was?“

„Das versuchen wir herauszufinden. Herr Kleveberg, wie würden Sie Alonzo Pérez beschreiben?“

Klevebergs Gedanken schienen sich zu überschlagen, wenn ich die unterschiedlichen Facetten seiner Mimik richtig deutete.

„Tja, er war ein Fachmann, würde ich sagen, mit einem eigenen Kopf.“

„Was soll das bedeuten?“, hakte ich nach.

Klevebergs bisher freundlicher Gesichtsausdruck veränderte sich. „Folgen Sie mir bitte.“

Wir liefen quer durch den Eingangsbereich, und Kleveberg zeigte auf die imposanten Stuckarbeiten unter der Decke, die in jeder Ecke mit einer Skulptur endeten. „Dies ist das Gesicht meiner Frau. Wirklich gut getroffen. Ich war begeistert, als ich das sah."

„Donnerwetter", sagte Hesse anerkennend.

„Die Kindergesichter dort drüben und auf der anderen Seite sind die exakten Abbilder meiner Kinder."

Ich staunte. Die Gesichter wirkten lebensecht, wenngleich ich die Idee kitschig fand. Wenn man keinen Geschmack hatte, dann nützte einem das ganze Geld nichts.

„Kommen wir nun zu meinem Ärgernis. Schauen Sie!"

Wir folgten ihm bis zur letzten Skulptur. Was wir dort zu Gesicht bekamen, hätte bei mir um ein Haar einen Lachanfall ausgelöst. Unschwer zu erkennen war, dass es sich um Kleveberg handelte, nur war dieses Gesicht grotesk verzerrt. Aus dem Augenwinkel erkannte ich, dass auch Hesse um Fassung rang.

„Auweia", presste ich heraus. „Wie konnte denn das geschehen?"

„Tja, Herr Kommissar, ich musste Pérez ein paarmal zur Räson rufen. Er verstand leider nicht, was ich von ihm wollte. Das wiederum löste eine gewisse zusätzliche Wut in mir aus. Sie müssen wissen, dass mich diese Arbeit einiges gekostet hat, verdammt viel sogar. Dafür darf ich ja wohl Qualität erwarten und keinen solchen Schund."

Die Frage wäre, was man als Schund auffassen würde. Ich fand die Arbeit großartig, behielt das aber für mich. Stattdessen fragte ich, ob er der Meinung war, dass es sich um einen Racheakt handelte.

„So würde ich es bezeichnen. Bedauerlich, dass Pérez nicht mehr unter uns weilt. Zu gern hätte ich ihn dafür büßen lassen, glauben Sie mir." Seine Stimme zitterte vor Zorn. „Jedenfalls habe ich Grubenmacher gesagt, dass Sanchez das an Pérez' Stelle ausbessern soll, aber er meldet sich nicht."

„Nein, Herr Kleveberg, wir fahnden nach ihm!"

Er hob die Augenbrauen. „Sie fahnden nach ihm? Ist er etwa geflohen?"

„Er ist zumindest nicht auffindbar, sagen wir es mal so."

„Steht er denn unter Mordverdacht?"

„Dazu können wir im Moment nichts sagen."

„Verdammt!" Kleveberg stampfte wütend mit dem Fuß auf. „Wer bringt dann diesen Mist in Ordnung?"

Die Frage konnten Hesse und ich ihm leider nicht beantworten.

„Herr Kleveberg, wie würden Sie Rodrigo Sanchez bezeichnen, war er ein Hitzkopf?"

Kleveberg schien mit den Gedanken abgeschweift zu sein.

„Herr Kleveberg!", sagte ich, diesmal etwas fordernder. „Würden Sie mir bitte die Frage beantworten?"

„Was? Ach ja." Er zuckte zusammen. „In gewisser Weise war er hitzköpfig, zumindest führte er des Öfteren lautstarke Unterhaltungen mit Pérez, die ins Handgreifliche überzuschwappen drohten. Da musste schon mal der eine oder andere schlichten. Ich glaube, er konnte seinen Landsmann nicht ausstehen."

„Wer, Sanchez den Pérez?"

„Genau, wobei das vornehm ausgedrückt ist. Ich hatte das Gefühl, er hasste ihn. Und ich kann ihn verstehen. Kein Wunder, dass Pérez ermordet wurde."

„Darf ich Sie fragen, wo Sie am 26. April morgens um sieben Uhr waren?", fragte ich.

Kleveberg blickte entgeistert zunächst mich, dann Hesse an. „Sind Sie verrückt geworden? Sie fragen mich nach meinem Alibi?“

Ich nickte. „Das ist reine Routine, Herr Kleveberg. Bitte beantworten Sie uns die Frage.“

Kleveberg zog sein Handy aus der Brusttasche und tippte darauf herum. „Das war letzten Freitag, da hatte ich abends lange an der Börse zu tun. Morgens um sieben? Da schlief ich, nehme ich an.“

„Kann Ihre Frau das bestätigen?“

„Normalerweise ja, sie ist aber am Freitag ganz früh am Morgen mit den Kindern in den Taunus gefahren. Der letzte Ferientag – und bei dem Wetter! Verstehen Sie?“ Er grinste.

Ich verstand, er hatte kein Alibi.

„Das war's fürs Erste. Wir kommen wieder auf Sie zu, falls wir Fragen haben, Herr Kleveberg.“

Hesse steuerte den Wagen in Richtung Frankfurt. „Er hat ein Motiv, findest du nicht? Hast du gesehen, ihm brennt der Kittel wenn er über Pérez spricht?“

Ich nickte. „Vor allem habe ich den ganzen schwülstigen Kitsch gesehen. Ich bin froh, dass ich nicht so wohnen muss. Den Kleveberg behalten wir auf alle Fälle im Auge.“

„Wie spät ist es jetzt?“

„Elf Uhr.“

„Dann auf ins Diplomatenviertel.“

Die Straßen hinter dem Palmengarten – das sogenannte Diplomatenviertel – gehörten zu einem der schöneren Frankfurter Wohngebiete. Den Namen verdankte es den Botschaften, die hier immer noch ansässig waren.

Hesse steuerte seinen Dienstwagen in die Ditmarstraße zu Wendtlands Baustelle. Die beeindruckende Größe des Hauses unterschied sich kaum von der des Hauses im Hardtwald.

„Grubenmacher scheint nur die protzigsten Häuser zu bauen", meinte Hesse, als wir ausstiegen.

Außerdem schien er die windigsten Kerle anzuziehen, vielleicht weil er selber ein Schlitzohr war, oder schlicht, weil vermögende Menschen oftmals Windhunde waren.

Wendtland war mir kaum sympathischer als Kleveberg. Er liebte offensichtlich den großen Auftritt, wie an seiner auffälligen Kleidung zu erkennen war. Rote Hose, dunkler Sakko mit Wappen, Siegelring, Goldkette, perfekt gestylte Haare – auf mich wirkte er wie eine Tunte.

„Wir sind hier, weil Alonzo Pérez vor drei Tagen ermordet wurde", sagte ich, nachdem wir uns ihm vorgestellt hatten.

Im Gegensatz zu Kleveberg schien Wendtland nichts davon gewusst zu haben, was nur schwer vorstellbar war. Oder Wendtland war ein verdammt guter Schauspieler.

„Sie kennen ihn doch, nicht wahr?"

Wendtland nickte ernst. „Das kann man wohl sagen. Er wurde also ermordet. Weiß man …"

Hesse und ich schüttelten synchron den Kopf.

„Wir arbeiten dran", sagte ich.

„Ich dachte, er sei nicht zur Baustelle gekommen, weil ich ihn mir vor ein paar Tagen zur Brust genommen habe. Na, dann weiß ich jetzt wenigstens Bescheid."

„Sie hatten Ärger mit Pérez?"

„Das kann man sagen!"

„Dürfen wir erfahren, weshalb?"

Wendtland überlegte für meinen Geschmack einen Moment zu lange. Wenn mich mein kriminalistischer Spürsinn nicht trog, dachte er darüber nach, welche Details er uns am besten verschweigen sollte.

„Er", begann er zögerlich, „hat eine Skulptur für mich gemacht. Sagen wir mal so: Ein Teil dieser Skulptur ist ein Originalfundstück." Wieder überlegte er. „Woher, das weiß man nicht. Ich habe die Skulptur auf dem Flohmarkt gekauft – eine Gesichtshälfte. Und, na ja, er hat die andere gestaltet. Kurzum, er hatte enorme Preisvorstellungen für seine Arbeit, doch ich war keineswegs gewillt, diesen nachzukommen. Verstehen Sie, er wollte 10 000 Euro haben! Ich schrie ihn an, ob er noch ganz gescheit sei, dieser Hund."

„Was geschah dann?"

„Er legte sofort die Arbeit nieder. Halb fertig. War ich sauer, das können Sie mir glauben! Er ist einfach nicht mehr erschienen. Nun, natürlich wird mir jetzt einiges klar, wenn er gar nicht mehr am Leben war. Ja, er hat sich Feinde gemacht." Wendtland überlegte eine Weile, bevor er weitersprach. „Ich will ja kein Gift streuen, aber eines kann ich Ihnen sagen. Sein Kollege Rodrigo Sanchez und er waren spinnefeind."

Hesse nickte bestätigend. „Das scheint nahezu jeder, der die beiden kannte, zu wissen."

„Sie haben sich häufig gestritten. Ich hatte immer Angst davor, dass es auf meiner Baustelle Mord und Totschlag geben könnte – Sanchez ist übrigens auch nicht mehr zur Arbeit erschienen."

„Das können wir uns denken, Herr Wendtland, wir suchen ihn nämlich."

„Ist ja nicht Ihr Ernst, war er's?"

„Darauf werden wir Ihnen leider keine Antwort geben können. Sie können mir jedoch eine Frage beantworten. Wo waren Sie am 26. April morgens um sieben?"

Wendtland schien völlig verwirrt zu sein. „Ich? Wieso denn ich?"

„Das ist eine Routinefrage. Alle, die mit den beiden Männern zu tun hatten, werden befragt", antwortete ich wahrheitsgemäß.

Wendtland kratzte sich an der Stirn. „Der 26., war das letzten Freitag?"

„Ganz recht", antwortete ich.

„Dann war ich in der BUGA."

„BUGA?"

„Ja, das ehemalige Gelände der Bundesgartenschau. Ich meine die Niddawiesen. Ich habe einen Hund, müssen Sie wissen."

„Ach so, sicher gibt es Zeugen dafür, dass Sie dort gewesen sind."

Wendtland schüttelte bedächtig den Kopf. „Sie werden lachen, aber an diesem Morgen dachte ich, ich sei völlig allein auf der Welt. Das war merkwürdig. Ich lief mehrere Runden durch das kleine Wäldchen, und kein Mensch begegnete mir. Ist das nicht verrückt?"

„Ja, Herr Wendtland, und schade obendrein, denn wäre es anders, müssten wir Sie nicht wieder behelligen. Sie sind sich sicher, dass Sie niemandem begegnet sind?"

„Ja, Herr Kommissar, es tut mir leid." Sein Gesicht verzog sich zu einem schiefen Grinsen. „Sie werden mir ja wohl keinen Mord anhängen wollen."

„Von Wollen kann gar keine Rede sein."

Wir standen mal wieder im Stau, diesmal auf der Miquelallee.

„Tja, er war scheinbar nicht beliebt, der Gute. Vier Leute, die einen Grund gehabt haben könnten, Alonzo Pérez zu beseitigen. Das macht uns die Arbeit nicht unbedingt leichter.“ Meine Laune war nicht gerade die beste.

Mein Handy klingelte. „Weigand.“

„Hier ist Schweikert“, hörten wir über die Freisprechanlage.

„Tag, Kollege, was gibt's?“

„Wir haben Sanchez. Wurde vor einer halben Stunde an der luxemburgischen Grenze festgenommen.“

Hesse streckte beide Daumen in die Höhe.

„Na, das ist ja mal eine Neuigkeit. Wollte der etwa nach Spanien abhauen?“

„Sieht so aus“, antwortete Schweikert. „Ist spätestens heute Abend in der JVA.“

„Danke, Joachim. Ich will ihn dann gleich sprechen.“

„Wir informieren euch, sobald er dem Haftrichter vorgeführt wurde.“

12

Rodrigo Sanchez saß uns im Vernehmungsraum der JVA an einem Tisch gegenüber und sah uns aus großen braunen Augen verunsichert an. Er war ein Mann, der auf den ersten Blick nicht unsympathisch wirkte. Sein Kopf war kahl rasiert, aber er hatte offene Gesichtszüge. Seine athletische Figur ließ darauf schließen, dass er kräftig zupacken konnte.

„Fangen wir am Anfang an, Herr Sanchez. Sie wissen, dass Ihr Kollege Alonzo Pérez ermordet wurde, und Sie wissen ebenfalls, dass Sie unter Mordverdacht stehen", sagte ich.

„Das ist doch völliger Blödsinn. Ich habe ihn nicht getötet, ich habe überhaupt nichts damit zu tun!", erwiderte Sanchez aufgebracht, aber in beinahe akzentfreiem Deutsch.

„Warum sind Sie dann geflüchtet?"

Sanchez sah zu Boden und schüttelte den Kopf. „Ich weiß nicht, ich habe es plötzlich mit der Angst zu tun bekommen. Wir haben uns in letzter Zeit überhaupt nicht mehr verstanden, und jeder wusste das. Ich dachte mir schon, dass Sie mir das in die Schuhe schieben würden. Aber wissen Sie, ich habe Familie und möchte nicht, dass die da mit reingezogen wird. Ich will sie aus der Sache raushalten, verstehen Sie?"

„Was hat das eine mit dem anderen zu tun, Herr Sanchez?" Ich wartete seine Antwort nicht ab, sondern sprach gleich weiter. „Sie waren einmal Freunde, wie ich hörte?"

Sanchez nickte. „Wir kennen uns seit circa zehn Jahren. Sind gemeinsam nach Deutschland gekommen. Freunde waren wir bis vor einem Jahr."

„Was passierte dann?", fragte Hesse: „Uns wurde gesagt, dass Pérez Ihnen den Job beim Altstadtbau beschafft hat. Da er kaum Deutsch sprach, habe er Sie als Übersetzer hinzugezogen, und nicht zuletzt deswegen, weil Sie ja Stuckateur sind, stimmt's? Also hatten Sie doch allen Grund, ihm dankbar zu sein."

Sanchez nickte. „Ja. Ich habe meine Ausbildung mit Auszeichnung bestanden, und mein Job macht mich glücklich. Und natürlich war ich ihm dankbar. Anfänglich habe ich ihm gern geholfen, aber ich wollte meine Arbeit machen und konnte nicht ständig bei ihm sein, um für ihn zu übersetzen. Wie gesagt, ich habe eine Familie, für die ich sorgen muss. Pérez lebt allein. Er braucht nicht annähernd so viel Geld wie ich. Außerdem, jeder kann eine fremde Sprache lernen. Ich habe es doch auch geschafft, und er hätte es ebenfalls gekonnt. Aber er hat sich ja nicht einmal bemüht." Er hielt kurz inne und sprach dann weiter. „Wissen Sie, das alles interessierte ihn nicht. Er glaubte, er wäre der Beste und alle würden sich um ihn reißen. Ihm ist der Ruhm zu Kopf gestiegen." Sanchez tippte sich an die Schläfe. „Sagt man das nicht so bei euch?"

„Ich nehme also an, Sie fühlten sich von ihm bevormundet, nicht?"

Sanchez sah Hesse an. „Was heißt das?"

„Sie hatten das Gefühl, er wollte über Sie bestimmen?"

Sanchez nickte. „Ja, so war es. Er spielte sich mir gegenüber als Chef auf, und dann wurde er wütend, wenn ich Aufträge bekam, die er haben wollte. Er sagte, ich sei nicht qualifiziert genug, um diese Jobs auszuführen, ich solle die Finger von seinen Aufträgen lassen. Das hat mich verletzt. Klar, er war einer der Besten, das weiß ich – das wusste jeder. Er war ja zusätzlich Steinmetz. Aber ich weiß, was ich kann. Auf diesen Baustellen waren ausschließlich gute Leute. Sie haben hier nur die besten Handwerker genommen, das können Sie mir glauben!"

„Herr Sanchez, mir ist zu Ohren gekommen, dass Sie sich hin und wieder sogar mit ihm geprügelt haben, ist das wahr?", fragte ich.

Sanchez antwortete nicht sofort, suchte Ausflüchte, wie mir schien. Doch dann sagte er: „Sie müssen verstehen, ich bin erwachsen. Nicht er soll mir sagen, was ich falsch mache. Ich war nicht bei ihm angestellt. Er war ein Kollege, weiter nichts. Irgendwann habe ich ihm gesagt, dass er mich endlich in Ruhe lassen soll. Unseren Vorgesetzten war es oft zu mühsam, sich mit ihm auseinanderzusetzen, verstehen Sie? Da haben sie halt mich genommen. Ja, wir haben uns zwei Mal geschlagen. Nicht öfter, und glauben Sie mir, ich habe nicht angefangen."

„Zwei Mal? Ich nehme an, das erste Mal am 25. April. Und einen Tag später, am 26., haben Sie ihm den Rest gegeben, nicht wahr?" Ich beugte mich nach vorne, musterte ihn mit mildem Blick, sprach auf ihn ein: „Ich kenne das, Herr Sanchez, wir alle verstehen das. Irgendwann ist das Maß voll, dann schlägt man zu. Man will es nicht, dennoch tut man es. Ist alles menschlich. Erst nahmen Sie einen Stein, nicht? Vermutlich wollten Sie ihm den Schädel einschlagen, doch dann haben Sie ihm das Genick gebrochen. Wo haben Sie den Stein hingeworfen, Herr Sanchez?"

Sanchez' Gesicht hatte sich dunkelrot verfärbt. „Welchen Stein? Wovon reden Sie?"

„Okay, wir finden das auch ohne Ihre Hilfe raus. Weiter: Sie packten ihn von hinten, drückten ihm das Knie in den Rücken, nahmen seinen Kopf in den Schraubstock – ich nehme an, das war nicht allzu schwer, denn durch den Schlag war er benommen –, und dann nur noch ein Ruck ... Sind Sie Rechtshänder?" Ich beugte mich, soweit es der Tisch zwischen uns zuließ, mit dem Oberkörper nach vorn und sah ihn unverwandt an. Dabei spürte ich Hesses verwunderten Blick im Nacken. Sanchez sah mich entsetzt an, doch ich fuhr fort. „Ich unterstelle Ihnen nicht, dass Sie ihn mit Absicht ermordet haben, oh nein. Möglicherweise war es ein Versehen, eine falsche Bewegung, die zum Genickbruch Ihres Kollegen führte. Aufgestaute Wut verleiht Bärenkräfte. Apropos: Treiben Sie Krafttraining? Sie wirken so durchtrainiert."

Auf Sanchez' Stirn bildete sich Schweiß. „Ich schwöre Ihnen, ich habe ihn nicht umgebracht. Wir haben uns vor ein paar Tagen mal geprügelt, ja." Er schaute auf seine feuchten Hände, wischte sie an den Hosenbeinen ab und fuhr fort: „Ich ertrug es nicht länger, wie er mich behandelte. Er hat mich gequält, verstehen Sie?"

„Wie ist es zu der Auseinandersetzung gekommen?", fragte ich.

„Er hat gesagt, dass ich ihm Jobs weggenommen habe, dass er mich dafür anzeigen würde, weil ich ihn um seine Arbeit bringe. Er sagte, dass der Architekt, Detlef Grubenmacher, mich rauswerfen wird. Da war das Maß voll. Ich verpasste ihm einen Faustschlag. Aber das war schon alles."

„Wo haben Sie sich denn getroffen?", wollte ich wissen.

„Wir wohnen beide im Gallus. Ich war bei ihm zu Hause, nur um zu reden, glauben Sie mir. Ich wollte mich sogar mit ihm aussöhnen."

„Okay. Sie sagen, Sie haben ihm einen Kinnhaken verpasst, besser gesagt, ihm ein blaues Auge geschlagen, und dann sind Sie getürmt, war es nicht so?"

Sanchez schüttelte den Kopf. „Nicht getürmt, ich bin gegangen. Ich merkte, ich hatte ihn hart getroffen, er war benommen. Das reichte, um mich wachzurütteln. Ich wollte ihn ja gar nicht ernsthaft verletzen."

Hesse nickte. „Genau. Es ist wie ein Aussetzer, wenn man sich plötzlich nicht mehr unter Kontrolle hat, nicht? Man lässt all seinen Hass raus."

„Nur dass Sie am nächsten Tag einen Stein zu Hilfe genommen haben. War ja kein Hexenwerk, so mitten auf der Baustelle", fügte ich hinzu. „Da finden sich die passenden Steine."

„Das Gehirn schaltet sich für einen Moment aus", fuhr Hesse fort.

Ich nickte. „Wir verstehen das. Ein solches Verhalten ist keine Seltenheit."

Sanchez wischte sich mit dem Ärmel den Schweiß von der Stirn. Seine Stimme zitterte, als er sagte: „Es gab kein nächstes Mal. Ich habe ihn danach nicht mehr gesehen, weil ich wusste, dass das sonst übel enden würde. Glauben Sie mir. Ich habe seit der Zeit keinen Kontakt mehr zu ihm gehabt, das ist die verdammte Wahrheit!"

Zu gern hätte ich mir jetzt ein Kaugummi in den Mund geschoben. Stattdessen verschränkte ich die Arme vor meinem Bauch.

Sanchez sah uns flehend an, als er weitersprach. „Ich habe Alonzo nicht umgebracht. Ich war sauer auf ihn, aber ich habe ihn nicht ermordet, das könnte ich niemals tun. Aber wer glaubt mir schon? Und ihr sagt immer alle, dass wir Ausländer gleichberechtigt sind. Aber ist es nicht so, dass Sie mich schon wegen meines Migrationshintergrundes für schuldig halten? Würden Sie mich beschuldigen, wenn ich einer von Ihnen wäre?"

„Aber was reden Sie denn da?", fragte ich aufgebracht. „Das wäre das Letzte, was wir vorhaben. Wir sind doch keine Rassisten. Wir wollen nur die Wahrheit, Herr Sanchez, nichts weiter."

„Haben Sie eine Idee, wer ihm sonst etwas hätte antun wollen?", fragte Hesse. „Hatte Pérez Feinde?"

Sanchez senkte den Blick. „Er war ein Egoist, und er war nicht beliebt. Meine beziehungsweise unsere Chefs haben oft Stress mit ihm gehabt, wenn Sie das wissen wollen, mehr weiß ich nicht. Er konnte die Menschen zur Weißglut bringen."

Ich stand auf und klopfte an die Tür. Der Wachmann öffnete.

„Sie können ihn abholen, für heute sind wir hier fertig."

13

Sie waren in die Pause gegangen und standen auf dem Schulhof zusammen. Ben, ein Schulkamerad, stieß zu ihnen und sprach Jette an. „Sag mal, da hat's in der Altstadt ja einen Mord gegeben. Kam in den Nachrichten. Du wohnst doch direkt daneben. Was mitbekommen?"

Jette errötete, sah Gaby an und schüttelte den Kopf.

Eine weitere Klassenkameradin sagte schnippisch: „Da sieht man's mal, passiert auch bei den Privilegierten."

Jette zuckte zusammen.

Gaby hakte ihre Freundin ein und zog sie von den anderen weg. „Mach dir nichts draus, alles Neid. Dein Vater fährt ein teures Auto, und du siehst immer klasse aus, das stinkt denen. In Wirklichkeit würden sie selber gerne so leben wie du."

„Ich habe meinem Vater schon so oft gesagt, dass ich nicht in die Schule gebracht werden will. Es ist mir peinlich. Glaub mir, ich möchte nicht auffallen, in keiner Weise. Und ich bin alt genug, allein mit der U-Bahn zu fahren. Aber Papa meint, ich könnte entführt werden." Jette verdrehte die Augen. „Außerdem ist es ihm zu dreckig in der U-Bahn. Das ist blöd für mich, sagt er." Sie machte ein trauriges Gesicht. „Was sagt dein Vater denn über den Toten? Er ist doch ermordet worden, oder?"

Gaby nickte. Sollte sie Jette mehr erzählen? Sie zögerte. Wenn das ihr Vater herausbekam. Doch sie konnte nicht schweigen. „Er war Stuckateur und Steinmetz, und er war Spanier. Dein Vater kannte ihn, hat sogar mit ihm gearbeitet oder ihn beschäftigt, glaube ich. Kannst ihn ja mal beiläufig fragen, aber pst!" Sie legte den Finger auf ihre Lippen. „Das ist unser Geheimnis. Wenn mein Vater herausbekommt, dass ich etwas erzähle, dann ist was los."

„Ehrenwort, ich behalte es für mich."

„Die fahnden nach seinem Kollegen. Der hat den gleichen Beruf, glaube ich, und ist ebenfalls Spanier. Man hat dem Toten das Genick gebrochen. Brutal, was?"

„Oh mein Gott!" Jette hielt sich die Hände vor den Mund. „Und ich wohne beinahe direkt daneben, der Ben hat ja recht. Wie schrecklich, nur durch ein paar Mauern von einem Tatort getrennt. Das ist gruselig. Stell dir vor, der Kerl rennt frei hier rum."

Gaby nickte und flüsterte. „Tut er sicher, sie haben ihn ja nicht gefasst. Aber wie gesagt, das, was ich dir erzählt habe, ist unser Geheimnis. Wenn ich mehr erfahre, erzähle ich es dir."

„Versprochen?"

„Versprochen!"

Mein Telefon klingelte. „Ich höre? ... Aha, doch, dachte ich mir fast. ... Ja, das war's dann. ... Ja, klar, wir reden mit ihr. ... Ja, ging verdammt schnell, danke. Ihr haltet mich auf dem Laufenden." Ich legte auf.

Hesse sah mich mit großen Augen an.

„Er war's. Der Kollege Baumgartner aus der forensischen Abteilung hat mich vorhin angerufen. Der DANN Abstrich, den er von Sanchez Blut genommen hat, konnte ihm eindeutig zugewiesen werden. Sanchez ist der Mörder. Er wurde dem Haftrichter vorgeführt, er sagt kein Wort mehr, bekommt jetzt einen Pflichtverteidiger. Hilft nichts, wir müssen die Frau verständigen."

Hesse nickte. „Manchmal hasse ich meinen Job. Die Familie tut mir leid."

Das Mädchen war zu klein, um zu verstehen, was wir zu seiner Mutter gesagt hatten. Es schrie aus reiner Solidarität, weil seine Mutter weinte.

Jedes Mal, wenn ich unangenehme Nachrichten zu überbringen hatte, zog es mir fast den Boden unter den Füßen weg. Ich kannte nicht wenige Kollegen, die deswegen einen Burn-out erlitten hatten.

Frau Sanchez ließ sich nur schwer beruhigen. Ihr beizubringen, dass ihr Mann ein Mörder war, fiel mir besonders schwer, da sie während sie uns zuhörte, auch noch ein weinendes Kleinkind auf ihrem Arm beruhigen musste. Sie schüttelte kontinuierlich den Kopf. „Sie täuschen sich in meinem Mann, er ist kein Mörder." Immer wieder schossen ihr Tränen in die Augen, und sie musste um Worte ringen. Schließlich sagte sie: „Ich weiß, sie konnten sich in letzter Zeit kaum mehr ausstehen, die beiden, aber Rodrigo wäre nicht in der Lage, einen Menschen zu töten, das müssen Sie mir glauben!"

Frau Sanchez drückte sich verständlich aus, sprach aber nicht fließend Deutsch wie ihr Mann.

„Wissen Sie", sagte ich mitfühlend, „ich kann verstehen, dass Sie das denken. Aber es gab mehrfach Auseinandersetzungen zwischen den beiden, Frau Sanchez, und DNA-Spuren Ihres Mannes befanden sich an Pérez' Kleidung."

Frau Sanchez weinte und tupfte sich die Augen mit einem Taschentuch trocken. „Herr Kommissar, Sie müssen mir glauben, Rodrigo ist ein ehrlicher Mann", sie gab ihrer Tochter einen Kuss aufs Haar, „und ein liebevoller Vater unserer drei Kinder. Bin ich froh, dass die beiden Großen gerade in der Schule sind. Nein, er könnte niemanden töten, nicht einmal ein Tier, Herr Kommissar. Ich bete, dass man den wahren Täter findet."

Da setzte ich erneut an: „Wer könnte denn Ihrer Meinung nach infrage kommen?"

Sie überlegte angestrengt, schüttelte dann aber den Kopf. „Das weiß ich nicht. Rodrigo sagte nur mal, dass Alonzo, also Herr Pérez, Geldprobleme hatte und seine Arbeitgeber zu erpressen versuchte."

„Wie genau machte er das?"

Sie schüttelte den Kopf. „Das weiß ich nicht so genau. Einmal hat er damit gedroht, die Arbeit niederzulegen, oder so ähnlich, genau weiß ich das nicht. Ja, ich glaube, er gönnte es Rodrigo nicht, dass der sich auf den Baustellen mehr und mehr durchsetzte." Sie sah mich an. Hatte sie mehr gesagt, als sie durfte? „Ich meine damit, deswegen war Pérez streitlustig, verstehen Sie? Aber Rodrigo brauchte sein Geld. Er musste seine Kinder und mich ernähren. Ich gehe zwar putzen, doch das reicht bei Weitem nicht aus für die Familie. Pérez muss nur für sich selbst sorgen." Sie erschrak. „Entschuldigung, er musste."

Hesse mischte sich ein. „Das glauben wir Ihnen alles, Frau Sanchez, aber Sie müssen verstehen, das spricht Ihren Mann nicht frei – im Gegenteil."

Wieder begann sie zu weinen. „Ich schwöre Ihnen, Rodrigo kann niemanden töten, niemals!"

„Wie war der erste Schultag?", fragte ich Gaby beim Abendbrot.

„Wie immer, warum?", antwortete sie kurz angebunden. Offensichtlich war sie sauer.

„Wollen wir eine Runde Skat spielen? Das lockert die Stimmung."

„Nein, nein, ich muss Hausaufgaben machen, und außerdem bin ich müde."

„Gaby, jetzt hör doch mal auf mit dem Mist. Du weißt, dass ich dir nichts erzählen darf."

Gaby nickte. „Weil du deinem eigenen Kind misstraust. Oder bin ich gar nicht von dir? Mama, habt ihr mir was verschwiegen? Ist Papa gar nicht mein richtiger Vater?"

„Gaby, jetzt beruhige dich aber mal wieder. Was soll denn der Unsinn?", erwiderte Bettina gereizt.

„Typisch, Mama. Dir hat er ja alles erzählt. Du brauchst dich nicht aufzuregen. Ich dachte, in unserer Familie geht man offen miteinander um. Dummerweise hab' ich euer Gespräch mitbekommen."

„Ach, das Fräulein Tochter hat uns belauscht!", entfuhr es mir. „Darf ich mich nicht mal mit deiner Mutter unterhalten, ohne dass du eifersüchtig bist?"

„Das hat nichts mit Eifersucht zu tun. Ich hab' es nur hautnah mitbekommen, verstehst du das nicht? Da macht man sich halt seine Gedanken, das ist doch normal. Egal, ich weiß eh, dass der Typ frei rumrennt."

Ich knurrte: „Keine Sorge, er wurde festgenommen. Aber Schluss jetzt. Gaby, du bist befreundet mit der Tochter des Architekten. Bis dem Täter der Prozess gemacht wird, kann ich nicht darüber sprechen, verdammt noch mal! Das ist doch hier kein ausgedachter Krimi."

„Egal, Herr Grubenmacher hat es Jette eh schon erzählt. Der Kumpel von dem Pérez war's."

„Ach, das ist ja prächtig. Du weißt ja fast mehr als ich und sogar schon den Namen."

Gaby verdrehte die Augen. „Jetzt beruhige dich mal, Papa. Du hast es mir ja nicht gesagt – was im Übrigen peinlich ist. Wie stehe ich als Tochter des Kriminalkommissars da? In der Schule machen sie sich deshalb schon lustig über mich. Aber bitte, du hast nur die eine Tochter und traust ihr plötzlich nicht mehr über den Weg. Echt schade!"

Ich sah Bettina hilfesuchend an. „Es hat keinen Sinn. Kannst du es mal versuchen? Sie glaubt mir nicht."

Bettina legte die Hand auf meinen Arm. „Beruhige dich, Lutz. Erinnere dich an deine eigene Pubertät. Ich bin mir sicher, du hättest ähnlich reagiert. Deine Tochter hat einiges von dir geerbt. Teenager fühlen sich des Öfteren ausgeschlossen. Sie müssen erst lernen, ihren eigenen Platz im Leben zu finden, damit hängt das zusammen. Ich kann mich selbst noch allzu gut daran erinnern."

Gaby lachte spöttisch. „Vergesst es beide. Ich werde euch in Zukunft auf jeden Fall auch nicht mehr alles erzählen. Nacht!" Mit diesen Worten ging sie in ihr Zimmer und schloss die Tür mit einem lauten Ruck.

Ich wollte etwas sagen, doch Bettina hielt mir den Zeigefinger auf die Lippen.

„Sag mal, wie würde dein Vater wohl reagieren, wenn er uns beide hier in seinem Büro erwischt?", fragte Gaby, die an Detlef Grubenmachers Schreibtisch saß und ihre Hausaufgaben machte.

„Wenn du alles so lässt, wie es ist, wird er es ja kaum bemerken. Aber hier kann man doch besser arbeiten als in meinem Zimmer."

Gaby nickte. Sie fühlte sich an diesem riesigen Schreibtisch erwachsen. „Darf ich die Mappe weglegen? Ich will nicht, dass was drankommt." Sie zeigte auf eine Mappe, die vor ihr auf dem Schreibtisch lag.

Jette sah auf. „Klar", antwortete sie, „leg sie auf das Regal dort drüben. Aber vergiss nicht, sie später auf den Tisch zurückzulegen."

Gaby fiel die Mappe aus der Hand, und sie landete aufgeschlagen auf dem Boden. „Sieh mal, spannend", sagte sie. „Lauter Fotos von antiken Möbeln und Porträtbildern. Woher stammen die? Gehören sie euch?" Gaby hielt die Mappe so, dass Jette die Bilder sehen konnte.

„Keine Ahnung, irgendein alter Plunder. Von einem Haus, das mein Vater umbaut, nehme ich an. Solchen Kram besitzen wir nicht."

„‚Verkauft', steht unter den Fotos. Oh, und Mosaiksteine, wow!" Gaby blätterte die ganze Mappe durch und stellte fest, dass jede einzelne Fotografie mit der Bemerkung „Verkauft" versehen war.

Jette war aufgestanden und beugte sich über die Mappe. „Seltsam, kenne ich nicht." Sie sah auf die Ablichtungen von den Mosaiken. „Sieht so aus, als seien das Steine, die zur Altstadt gehören. Ich meine, so etwas dort schon gesehen zu haben."

„Und was sind das für Porträts?", wollte Jette wissen.

„Ähnliche habe ich in der Goldenen Waage gesehen. Aber so genau weiß ich das nicht. Schätze, mein Vater hat die Sachen, die wieder zurückkommen, hier chronologisch aufgelistet. Die hatten ja damals im Krieg einige Originale und konnten das gesamte Mobiliar rechtzeitig auslagern."

„Ja, aber wieso steht darunter ‚Verkauft'? An wen sollen sie denn verkauft worden sein?"

Jette hob die Schultern. „Was weiß denn ich, Frau Kommissarin?" Sie kicherte. „Komm, lass uns weitermachen, dann können wir nachher ein bisschen durch die Stadt bummeln."

Gaby nickte, klappte die Mappe zu und legte sie in eines der Regale an der Wand.

„So, von mir aus können wir gehen, ich bin fertig und du?", fragte Jette etwa eine halbe Stunde später.

Gaby nickte. „Ich auch." Sie stand auf, packte ihre Schulsachen ein, nahm Herrn Grubenmachers Mappe aus dem Regal und legte sie ordentlich zurück auf den Schreibtisch.

14

Hesse stöhnte und setzte sich wie in Zeitlupe auf seinen Schreibtischstuhl.

„Morgen, Kollege!", grüßte ich ihn. „Hat dich Julia verdroschen oder hat sie dich mal wieder zum Sport getrieben oder was immer?" Ich grinste zynisch.

„Hör mir bloß auf! Wir sind gestern drei Runden durch die Niddawiesen gelaufen. Die hat einen Zahn drauf, das sag ich dir. Ich weiß nicht, ob ich ihr auf Dauer gewachsen bin. Und bei dir so?"

„Geht mir ähnlich, nur dass mein Problem deutlich jünger ist als deins."

Hesse riss die Augen auf. „Hast du eine Geliebte?"

Ich musste lachen. „Glaube mir, pubertäre Töchter sind anstrengender als Geliebte."

„Ich habe dir ja schon oft gesagt, dass ich gar nicht erst heiraten will. Damit komme ich um diese Problematik wohl herum. Was macht dein anderes Problem?" Hesse griff sich an die Wange.

„Hör bloß auf!", antwortete ich. „Das gibt demnächst mindestens ein Implantat. Ich werde dich vorher als meinen Nachfolger bestimmen, denn ich glaube kaum, dass ich das überlebe."

Das Telefon auf meinem Schreibtisch klingelte. „Weigand. … Was? Das ist doch nicht wahr, verdammt! Wie konnte denn das geschehen? … Hat man ihn denn nicht überwacht? Menschenskinder, da denkt man, er ist in besten Händen!"

Hesse sah mich fragend an.

„Wann ist es denn ... Was stand drauf? ... Verdammte Scheiße!" Ich legte auf und rieb mir die Schläfen. „So ein Mist!"

„Was ist passiert?"

„Sanchez hat sich erhängt! Er hat einen Abschiedsbrief hinterlassen."

Hesse und ich waren sofort zur JVA aufgebrochen, um vor Ort mit den Zeugen zu sprechen. Nun saßen wir im Büro des Vollzugsbeamten. „Sie haben ihn im Trainingsraum gefunden?", fragte ich.

Der Mann nickte. „Wer hätte denn ahnen können, dass er so etwas vorhat. Er machte jeden Tag Sport im Kraftraum. Er wirkte weiß Gott nicht suizidgefährdet, sonst hätten wir ihn keine Sekunde allein gelassen." Der Beamte beugte sich nach vorn und vergrub das Gesicht in seinen Händen. „Er hat sich an der obersten Stange der Sprossenwand erhängt, mit einem Bettlaken. Da hat man eine Sekunde nicht auf den Monitor geschaut, und dann das!" Fassungslos schüttelte er den Kopf.

„Ein Bettlaken? Das gibt's doch nicht! Klingt wie im Groschenroman. Etwa aus seinem Bett?"

Der Beamte schüttelte den Kopf. „Er arbeitete in der Wäscherei, und es war nur die Hälfte eines Lakens. Er hat es auseinandergerissen und zu einer Kordel geschnürt."

„Sanchez war während des gesamten Trainings allein?"

„Wie man es nimmt. Er hatte erst zehn Minuten zuvor angefangen. Wie gesagt, er trainierte täglich."

„Geben Sie mir bitte den Brief", forderte ich den Beamten auf.

„Hier, bitte, der steckte in seiner Hosentasche."

Ich faltete das Papier auseinander. „Für Kommissar Weigand", stand darauf. Hesse las mit.

Sie hätten mir nie geglaubt. Wenn man Migrant ist, dann werden die Karten anders gemischt. Wir haben es schwer hier in Deutschland. Ich habe Alonzo nicht getötet. Meine Frau ist und bleibt die Liebe meines Lebens, sagen Sie ihr das bitte. Ich weiß, ich komme hier nicht wieder raus, aber das ertrage ich nicht! Ich bitte Sie, finden Sie den wahren Täter! Tun Sie es für meine Familie! Ich war es nicht!

Hesse sah mich an. „Oh Mann!"

„Er hat hier mit niemandem gesprochen", sagte der Vollzugsbeamte. „Na ja, ich dachte, das gibt sich, er war ja erst kurze Zeit hier. Aber glauben Sie mir, er wirkte gefasst."

Der Leiter der JVA war hinzugekommen und gab uns die Hand. „Dies ist ein Hochsicherheitsgefängnis", erklärte er. „Es ist eine Schande, wenn so etwas passiert. Aber die Kollegen haben recht: Es bestand zu keiner Zeit der Verdacht, dass sich dieser Insasse etwas antun würde."

„Dürfen wir uns seine Zelle ansehen?"

„Bitte folgen Sie mir."

„So eine Scheiße, das hätte nicht passieren dürfen!", sagte ich und raufte mir die Haare.

In der Zelle waren etliche Papierschnipsel und ein Brief gefunden und beschlagnahmt worden. Der Brief war an Sanchez' Frau gerichtet. Es war ein loses Blatt

Papier ohne Kuvert. Wir brauchten, um ihn lesen zu können, einen Übersetzer, denn der Brief war in spanischer Sprache verfasst.

Fatima, es tut mir leid, aber es gibt für mich keinen anderen Ausweg als diesen, den ich heute wähle. Sie werden mir niemals glauben. Ja, ich habe ihn an dem Abend, bevor er starb, geschlagen. Aber du sollst die Wahrheit kennen. Als ich morgens zur Arbeit wollte, da war die Polizei schon dort. Ich hörte, wie sich zwei Kollegen über den Mord an Pérez unterhielten. Mein Name fiel, da bin ich Hals über Kopf geflohen. Natürlich war das ein großer Fehler, Fatima, aber ich hatte Angst. Sie haben mich kurz vor der Grenze geschnappt. Doch du sollst wissen, ich habe Alonzo nicht getötet. Ich habe ihn gehasst, aber ich habe ihn nicht getötet. Sie behaupten, ich hätte versucht, ihm mit einem Stein den Schädel einzuschlagen, am Ende hätte ich ihm das Genick gebrochen. Ich bin der festen Überzeugung, für euch ist es besser, wenn ich von dieser Welt verschwinde. Sie würden unsere Kinder ewig damit aufziehen, wenn ich wegen Mordes im Gefängnis sitze. Es ist besser, wenn ich sterbe, glaube mir, Liebes. Irgendwann kommt meine Unschuld ans Licht. Aber ihr sollt keine Last mehr mit mir haben, sollt euch nicht verpflichtet fühlen, mich im Gefängnis zu besuchen. Ich möchte nicht, dass meine Kinder in ein Gefängnis gehen müssen. Ich habe etwas Geld gespart. Mein Sparbuch liegt im Schrank, im Ordner mit den Krankenkassenunterlagen. Es tut mir leid, dass ich dir nichts Erfreulicheres sagen kann. Nur das eine: Ihr wart mein ganzes Glück, du und die Kinder, und ich liebe euch. Sorg dafür, dass sie mich niemals vergessen. Sie sollen fest an mich denken, und wenn sie mal traurig sind, werde ich bei ihnen sein. Und ich werde immer bei dir sein, meine geliebte Fatima.

Rodrigo

Mir war schwer ums Herz. Verfasste ein Mörder solche Worte?

„Lass uns das erledigen, Bernd. Lass uns jetzt gleich zu ihr fahren."

Fatima Sanchez schlug mit den Fäusten auf mich ein, nachdem wir ihr die Nachricht vom Selbstmord ihres Mannes überbracht hatten. Hesse musste sie festhalten, damit sie von mir abließ. Ich wartete eine Weile, bevor ich ihr den Brief ihres Mannes überreichte, offenbar nicht lange genug, denn sie erlitt einen Kreislaufkollaps und wir mussten einen Notarzt anfordern. Der riet uns dringend, die Frau in Ruhe zu lassen. „Ich gebe ihr ein Beruhigungsmittel, sie gehört ins Bett."

Zum Glück war die Mutter von Fatima Sanchez in der Wohnung und kümmerte sich nicht nur um die beiden Kleinen, sondern auch um die beiden anderen Kinder, die mittlerweile aus der Schule heimgekehrt waren.

Als das Beruhigungsmittel seine Wirkung zeigte und Fatima Sanchez schläfrig auf dem Sofa lag, sagte ich, so sanft ich konnte: „Erholen Sie sich erst mal ein wenig, Frau Sanchez. Wir kommen in ein paar Tagen wieder, falls wir Fragen haben. Natürlich dürfen auch Sie uns jederzeit kontaktieren."

Doch sie hielt mich am Arm zurück. „Bleiben Sie! Fragen Sie mich sofort, wenn Sie etwas wissen wollen. Ich möchte danach nie wieder darüber sprechen."

Mit hochgezogenen Augenbrauen sah ich den Notarzt an. Der nickte widerwillig. „In Gottes Namen, wenn sie das möchte, aber fassen Sie sich kurz."

Wir standen noch immer vor ihrem Sofa. „Frau Sanchez, dürfen wir einen Blick in das Sparbuch werfen, von dem Ihr Mann schrieb?"

Fatima Sanchez setzte sich mühevoll auf, dann erhob sie sich.

„Precaución", rief die Mutter und stürzte an Fatimas Seite, was dazu führte, dass die Kinder zu weinen begannen.

Fatima Sanchez antwortete irgendetwas auf Spanisch, was ihre Mutter offensichtlich beruhigte. „Kommen Sie", sagte sie. „Ich wusste selbst nichts von diesem Sparbuch, aber wenn ich es finde, dann dürfen Sie es sehen."

Der Hängeschrank, zu dem sie uns führte, war zwar verschlossen, doch der Schlüssel steckte im Schloss. Im Inneren standen drei Ordner. Den mittleren zog sie heraus und legte ihn auf den Tisch.

„Um die Versicherungen hat sich immer mein Mann gekümmert", sagte sie leise. Sie blätterte einige Seiten um und stieß auf eine Klarsichtfolie, in der sich ein Sparbuch befand. Sie zog es heraus und überreichte es uns, ohne einen Blick hineingeworfen zu haben. „Sehen Sie selbst. Mir wird kein Geld der Welt helfen, Rodrigo wiederzubekommen." Sie begann zu schluchzen und ihre Mutter legte den Arm um sie und führte sie zurück zum Sofa.

Das Sparbuch war vor drei Jahren angelegt worden, 2016. Ich blätterte es durch. „Wann sind Sie nach Frankfurt gekommen, Frau Sanchez?"

„Im Herbst 2016", antwortete sie.

„Aha“, sagte ich leise zu Hesse, „er hat hier sein Geld angespart. Bin mal gespannt, ob größere Summen eingezahlt wurden.“

Insgesamt befanden sich 14 000 Euro auf Sanchez' Sparkonto. Monat für Monat hatte er einen Betrag von 500 Euro eingezahlt. Die Einzahlungen hatten am 1. Januar 2016 begonnen.

„Darf ich Sie fragen, wie viel Ihr Mann netto verdiente?“

„Er verdiente 1 800 Euro“, antwortete Fatima Sanchez. „Aber ich ging ja putzen, wir hatten also etwas mehr als das.“ Es klang, als wollte sie sich entschuldigen.

Ich nickte nur. Es tat mir leid, dass sie sich uns gegenüber offenbarte. Ich wandte mich wieder an Hesse und fuhr leise fort: „Dann blieben ihnen nicht mehr als 1 300 Euro zum Leben. Das ist verdammt knapp. Kein Wunder, wenn er sich die Aufträge von Pérez nicht nehmen lassen wollte. Ich gehe davon aus, dass auf diesem Konto alles mit rechten Dingen zugegangen ist. Er hat etwas Geld angespart. Zum großen Glück für seine Frau.“

„Na ja“, sagte Hesse. „Sie hat doch auch gearbeitet. Etwas mehr werden sie schon noch gehabt haben.“

Der Tag hatte mich geschafft. Als Erstes nahm ich mir ein Bier aus dem Kühlschrank.

„Möchtest du nichts essen?“, fragte Bettina.

„Habt ihr denn noch nicht gegessen?“

„Nein, nein, ich wollte auf euch warten.“

„Auf uns? Ist Gaby nicht da?“

„Sie ist bei Jette.“ Bettina sah auf die Uhr. „Ich nehme an, sie kommt jeden Moment, sieben Uhr war ausgemacht.“

Ich trank einen großen Schluck aus der Flasche.

Bettina strich mir über das wirre Haar. „Was ist passiert? Du siehst mitgenommen aus."

Ich nickte. „Sanchez hat sich umgebracht."

„Ist das der Tatverdächtige?" Bettina presste die Hände vor den Mund.

„Ach so, ja genau. Er hätte mit Sicherheit einen Grund gehabt, Pérez zu töten. Leider hat er sich im Gefängnis erhängt. In seinem Abschiedsbrief behauptet er vehement, unschuldig zu sein." Ich gähnte.

„Und? Glaubst du ihm?"

„Sagen wir mal so: Jemand hat versucht, Pérez umzubringen, aber wir haben das wichtigste Beweisstück, den Stein, nicht gefunden. Dummerweise scheint Pérez einige Hasser gehabt zu haben. Und keiner von ihnen hat ein Alibi."

„Glaubst du denn, dass es dieser Sanchez getan hat?"

„'n Abend!" Gaby war zur Tür reingekommen.

„Na, dann können wir ja essen", sagte Bettina.

Kaum hatten wir schweigend zu Abend gegessen, verabschiedete sich Gaby in ihr Zimmer mit der Anmerkung, Hausaufgaben machen zu müssen. Es reichte mir langsam. Ich klopfte an ihre Tür und trat ein. Gaby saß am Schreibtisch. „Was machst du?", fragte ich sie.

„Na was schon, Hausaufgaben."

„Würdest du nicht all deine Zeit mit Jette verbringen, müsstest du nicht so spät noch arbeiten."

Gaby sah mich zornig an. „Papa, wenn meine Leistungen nachlassen sollten, darfst du mir das gerne noch mal vorschlagen, vorher aber keinesfalls, okay?"

„Ich bin mit deinem Ton nicht einverstanden, Gaby. Das geht schon seit ein paar Tagen so. Lass uns vertragen."

Gaby sah mir ins Gesicht. „Das tun wir. Aber ich habe meine Geheimnisse, so wie du auch. Gleiches Recht für alle."

Sie machte es mir nicht leicht. „Verdammt noch mal, wie kann man nur so stur sein?" Ich trat an ihren Schreibtisch und streichelte ihr übers Haar. Da bemerkte ich Plastikfolie mit einem roten Inhalt auf ihrer Arbeitsplatte. Ich nahm das verpackte rote Ding in die Hand. „Was ist das?"

„Ach, ist bloß ein roter Stein. Ist ein Stück von ihrem Haus – Altstadt halt, interessiert dich ja eh nicht." Sie streckte die Hand aus. „Gibst du ihn mir bitte wieder?"

Ich legte den Stein zurück und schüttelte enttäuscht den Kopf. „So kenne ich dich gar nicht, Gaby. Du wendest dich gänzlich von mir ab."

Der kalte Blick meiner Tochter schmerzte mich. „Nein, wir haben nur neuerdings Geheimnisse voreinander, Papa. Damit muss ich mich abfinden, du aber auch." Sie wendete sich wieder ihren Heften zu. Entschuldige, aber ich muss weitermachen."

„Was macht eure Wohnungssuche – schon fündig geworden?", fragte mich Hesse und stellte mir eine Tasse Kaffee vor die Nase.

„Oh, womit habe ich das denn verdient?"

„Du wirkst, als könntest du einen Energieschub vertragen", antwortete er. „Ist früh. Schätze, wir haben einiges zu erledigen heute."

Ich nippte an dem heißen Getränk. „Zu deiner Frage: Es gibt vorerst keine neue Wohnung, alles barer Unsinn. Meiner Tochter steigt der Umgang mit dieser Jette zu Kopf. Es ist zum Verzweifeln. Ich erkenne sie kaum wieder."

Hesse verzog das Gesicht. „Da trau ich mich ja gar nicht mehr, ein Witzchen drüber zu machen."

„Danke, ist besser so. Gibt es Neuigkeiten?"

Hesse nickte. „Grubenmacher möchte, dass du ihn zurückrufst."

„Ach ja? Jetzt?"

Hesse gab mir einen Zettel. „Hier, sollst ihn gleich heute Morgen auf dem Handy anrufen."

„Ich werde den Lautsprecher anstellen." Hesse nickte und ich wählte die Nummer, die auf dem Zettel stand.

Grubenmacher ging sofort ran: „Hallo?"

„Weigand hier, Morgen, Herr Grubenmacher, Sie wollten mich sprechen?"

„Herr Weigand! Danke, dass Sie zurückrufen. Wie geht's?"

Ich war erstaunt über seinen freundlichen Ton, auch Hesse machte ein erstauntes Gesicht. So kannten wir den Mann gar nicht. „Danke schön. Wie kann ich Ihnen weiterhelfen?"

Am anderen Ende herrschte kurzes Schweigen. „Sie mir nicht, aber mir ist da etwas eingefallen. Ich weiß nicht, ob es relevant ist, aber Sie wissen doch, dass Pérez bei Herrn Kleveberg gearbeitet hat – die Villa im Hardtwald."

„Herr Grubenmacher, wir haben uns mit ihm unterhalten."

„Ah, ja, dann wissen Sie sicher von dem Pfusch, den Pérez bei ihm verzapft hat, ich meine die Fratze, die er in den Stuck eingearbeitet hat."

„Ja, Herr Kleveberg hat uns das gezeigt. Er war darüber sehr verärgert."

„Genau", antwortete Grubenmacher, „sogar mehr als das. Er sagte neulich zu mir, wenn er den Kerl erwischt, dann würde er ihm eigenhändig den Schädel einschlagen." Er räusperte sich. „Verstehen Sie? So etwas hat jeder mal im Zorn verlauten lassen, aber – ähm, ich weiß nicht recht, wie ich das sagen soll – ich war erschrocken darüber, wie er das sagte. Er war völlig außer sich, zitterte vor Wut. Und ich meine, Sie sprachen doch davon, dass jemand versucht hat, Pérez den Schädel einzuschlagen. Ist da was dran?" Wieder räusperte er sich. Als ich ihm nicht antwortete, sprach er weiter. „Bitte verstehen Sie mich, ich will Herrn Kleveberg da gewiss in nichts reinreiten, es erscheint mir nur im Nachhinein komisch, wenn ich es für mich behalte."

„Danke, Herr Grubenmacher", sagte ich in einem geschäftsmäßigen Ton. „Ich bin Ihnen dankbar. Wie gesagt, jeder Hinweis ist wichtig. Ach, dürfte ich Ihre Tochter demnächst mal sprechen?"

„Wozu?"

„Vielleicht hat sie ja auch noch etwas beobachtet, was wir wissen sollten. Womöglich kann sie sogar bestätigen, dass Sie zur Tatzeit zu Hause waren. Das sind reine Routinefragen, Herr Grubenmacher. Die müssen wir allen Beteiligten stellen."

„Ja, sicher können Sie mit ihr sprechen. Wenngleich ich das völlig absurd finde. Sie machen dem Mädchen doch nur Angst. Aber bitte, wie Sie wollen. Sie wird heute Mittag nach der Schule zu Hause sein. Ihre eigene Tochter treffen Sie bei uns an, falls Sie sie suchen." Er schwieg einen Moment, als wollte er seine Worte wirken lassen. „Sie wohnt ja beinahe schon bei uns."

Ich hasste es, Berufliches mit Privatem zu mischen, aber in diesem Fall hatte ich mich nicht im Griff. „Das Problem scheint ja zu sein, dass Ihre Tochter nicht zu uns kommen darf, Herr Grubenmacher. Soll ich Gaby verbieten, Ihre Tochter zu besuchen? Sie müssen es mir nur sagen. Wie mir zu Ohren gekommen ist, kommen die beiden ziemlich gut miteinander zurecht."

Ich hörte, wie Grubenmacher leise stöhnte. „Bitte entschuldigen Sie", sagte er schließlich, „ich möchte nur ungern, dass meine Tochter in die Geschichte mit dem Belvederchen hineingezogen wird. In der Pubertät sind Kinder sensibel."

Wem sagte er das.

„Wir werden am frühen Nachmittag bei Ihnen vorbeischauen", versprach ich ihm. „Und keine Sorge, wir machen es kurz." Ich legte auf und sah Hesse an.

„Was soll uns das bringen, Lutz? Selbst wenn sie wusste, dass er nicht zu Hause war, sie wird es nicht zugeben. Ich denke nicht, dass ein Kind freiwillig den Vater belastet."

„Das weiß ich, aber zum einen will ich mir ein Bild von diesem Mädchen machen, und zum anderen werden wir es bemerken, wenn uns Jette Grubenmacher belügt."

Ich nahm den Telefonhörer und wählte Klevebergs Nummer. „Ich habe eine Frage an Sie, Herr Kleveberg", sagte ich, nachdem er sich gemeldet hatte.

„Gerne, wenn ich sie beantworten kann."

„Herrn Grubenmacher fiel ein, dass Sie Pérez gedroht haben, Sie würden ihm den Schädel einschlagen, wenn er seinen Pfusch nicht ausbessern würde? Haben Sie sich tatsächlich so ausgedrückt?"

Am anderen Ende der Leitung war es still.

„Sind Sie noch da?"

„Ich denke nach, Herr Kommissar. Merkwürdig, was mein Architekt da behauptet. Aber natürlich ist es möglich, dass ich mich so oder ähnlich ausgedrückt habe. Mein Gott, in Rage sagt man manchmal dumme Dinge."

„Das tut man", erwiderte ich. „Sie auch?"

„Ich bitte Sie, Herr Kommissar, ich habe ihm doch nichts angetan!"

„Herr Kleveberg, ich muss Sie dennoch bitten, morgen für ein paar Fingerabdrücke und eine hoffentlich freiwillige Speichelprobe ins Präsidium zu kommen."

„Eine Speichelprobe? Das ist ja ungeheuerlich! Aber bitte, wenn es sein muss, ich habe nichts zu verbergen. Wenn Sie das haben wollen, dann sollen Sie es bekommen."

15

Gaby hatte kaum geschlafen. Als sie am Abend nach Hause gekommen war, hatte sie die letzten Worte ihres Vaters mitbekommen. Wieder ging es um den Toten im Belvederchen. Etwas hatte bei diesen Worten ihre Alarmglocken schrillen lassen, doch konnte sie sich jetzt, am nächsten Morgen, nicht mehr daran erinnern, was das gewesen war. Sie kam nicht darüber hinweg, dass ihr Vater solch ein Geheimnis um die Sache machte. Ihre beste Freundin wohnte in unmittelbarer Nähe des mysteriösen Tatortes. Sie überlegte: Hatte sie den Täter beim Blick aus dem Fenster vorbeilaufen sehen? Das war kein abwegiger Gedanke, sondern eine Möglichkeit. Die ganze Nacht über hatte sie an die Mappe mit den Aufnahmen denken müssen. Und an den Vermerk „Verkauft", der jeweils darunter gestanden hatte. Was hatte das bloß zu bedeuten? Als Jette einmal kurz rausgegangen war, hatte sie die Mappe aus dem Regal genommen und einige dieser Fotos mit ihrem Handy abfotografiert. Normalerweise wäre sie damit sofort zu ihrem Vater gegangen, aber unter den gegebenen Umständen … Nein, er hatte es so gewollt. Sie würden beide ihre Geheimnisse haben, und das hatte sie ihm ja auch gesagt.

In dieser Nacht war ihr klar geworden, dass sie alleine würde recherchieren müssen. Was es mit der Mappe auf sich hatte, wollte sie unbedingt herausfinden, und sollte tatsächlich etwas nicht stimmen, konnte sie ihren Vater ja einweihen. Nicht einmal Jette würde sie über ihr Vorhaben informieren. Sie durfte nicht riskieren, dass Herr Grubenmacher etwas davon erfuhr.

Sie würde heute nach der ersten Schulstunde gehen, Übelkeit oder ihre Tage vortäuschen. Das konnte sie auch ihrer Mutter am besten verkaufen.

Die Eingangstür der Goldenen Waage stand offen. Gaby war sich auf einmal gar nicht mehr sicher, ob sie nicht besser zu Hause geblieben wäre, doch nun war sie schon mal hier. Hauptsache, Jettes Vater erwischte sie nicht. Bei dem Gedanken an ihn bekam sie weiche Knie. Daran hatte sie am allerwenigsten gedacht, dass er hier sein konnte. Unschlüssig sah sie sich um.

„Das Haus ist für die Öffentlichkeit nicht zugänglich, erst nach der Eröffnung, junges Fräulein", sagte ein Handwerker, der sie erspäht hatte.

„Ich ..." Sie stockte. „Ich habe nur eine Frage."

Der Mann legte das Werkzeug aus der Hand – wie Gaby vermutete, war es ein Schleifgerät – und kam zum Eingang.

„Ich, ähm, ich schreibe einen Aufsatz über die Goldene Waage", log sie, „und dafür brauche ich ein paar Informationen." Ihr war auf einmal so mulmig zumute, dass sie sich schämte, überhaupt hierhergekommen zu sein. „Ich frage mich, ob mir jemand ein paar Informationen geben könnte."

„Informationen?" Der Mann sah Gaby an.

„Ich, äh, ich habe hier ein paar Abbilder. Es geht um das Inventar." Sie zückte ihr Handy.

„Das Inventar? Na so was, dann komm mal rein." Der Handwerker wich zur Seite und ließ Gaby eintreten.

Sie atmete auf, der erste Schritt war gemacht. Ein Gefühl des Stolzes überkam sie. Sie war eben doch die

Tochter eines Polizisten! Gleichzeitig war ihr unbehaglich zumute. Ihr Vater wäre stinksauer, wenn er wüsste, was sie gerade tat.

Im hinteren Eingangsbereich waren Handwerker mit einer Holzkonstruktion beschäftigt. Wie es aussah, waren sie beim allerletzten Feinschliff.

„So", sagte der Handwerker, „was wolltest du mir denn zeigen?"

Gaby aktivierte ihr Handy und tippte auf die Foto-App. Die Kommentare unter den Fotos hatte sie vorher gelöscht. „Es geht um diese Möbelstücke. Kann man sie hier schon im Original besichtigen? Ich weiß, dass sie dem Haus wieder zukommen sollen."

Der Mann winkte einen Kollegen herbei. „Sascha, sieh dir das mal an!"

Der Angesprochene kam herüber, begrüßte Gaby mit einem Nicken und sah auf das Handy, das sie ihm hinhielt. „Woher hast du die Fotos?", fragte er.

Gaby wurde rot. Mist! Auf diese Frage war sie nicht gefasst. „Aus … aus einem Katalog, warum?"

„Weil es diese Möbelstücke nicht mehr gibt. Sie sind bei einem Unfall zerstört worden." Der Mann sah Gaby eindringlich an.

„Ja, ich … ich hab' die Bilder bekommen, weil ich, wie ich schon sagte, einen Aufsatz schreiben muss."

„Von deinem Lehrer?"

„Nein, ich … Ich habe sie auf einer Internetseite gefunden, glaube ich." Oh Gott! Gaby hätte sich am liebsten in Luft aufgelöst. Sie musste hier weg, jeden Moment konnte Grubenmacher hier auftauchen. Was hatte sie sich nur dabei gedacht, einfach herzukommen? Aus dem Augenwinkel sah sie, wie dieser Sascha auf seinem Handy herumtippte.

Nichts wie weg, dachte Gaby. „Okay, das hat sich ja dann erledigt, wenn diese Möbel ohnehin nicht mehr existieren. Danke, dass Sie mir Auskunft gegeben haben." Hastig stürzte sie aus dem Haus.

„Warte doch mal!", rief der Mann, der sich Sascha nannte, hinter ihr her, doch sie drehte sich nicht mehr um.

Was sollte sie jetzt bloß tun? Gaby war froh, dass dieser Sascha ihr nicht gefolgt war. Als sie außer Sichtweite der Goldenen Waage war, blieb sie stehen, um wieder zu Atem zu kommen. Sie schalt sich für die dämliche Idee, auf eigene Faust etwas über die Fotomappe von Jettes Vater herauszufinden. Zum Glück hatte sie keiner der Handwerker nach ihrem Namen gefragt. Würde man sie jedoch beschreiben und Herr Grubenmacher bekäme Wind davon, wüsste er, von wem die Rede war. Nach dem, was sie eben erlebt hatte, war ihr klar, dass da etwas nicht stimmte. Das sagte ihr das Bauchgefühl. Unter den Bildern stand doch, sie seien verkauft worden. Andererseits sollten sie zerstört worden sein. Hatte der Mann sich die Möbel auf ihren Fotos nicht angeschaut? Wahrscheinlich waren das gar nicht die Originale aus der Goldenen Waage. Ja, das wäre eine einleuchtende Erklärung. Auf den Fotos war weder eine Nummerierung noch irgendeine Fachbezeichnung vermerkt. Das alles war doch wohl nur ein großes Missverständnis. Vor allem hätte sie sich da raushalten sollen. Was schnüffelte sie in Angelegenheiten, die sie nichts angingen? Letztendlich doch nur, um ihrem Vater eins auszuwischen. Ja, ihr Vater war schuld an der ganzen Sache, nicht sie. Er hatte sie hintergangen, und sie hatte sich gerächt. Dass ihr eigenmächtiges Handeln falsch gewesen war, hatte sie zur Genüge erfahren. Deshalb würde sie die Sache nun auf sich beruhen lassen. Hoffentlich hatte das kein Nachspiel für sie. Sie lief weiter bis zu dem Hof, der im Mittelalter der Messeplatz gewesen war. Im Moment war sie hier völlig allein. Hinten in der Ecke war es recht dunkel. Sie würde nicht lange brauchen, aber sie wollte jetzt sofort die Fotos von ihrem Handy löschen. Dann konnte ihr niemand beweisen, dass sie die Bilder abfotografiert hatte. Sie tippte jedes einzelne der zehn Fotos an und löschte eins nach dem anderen. Immer wieder schaute sie nervös zum Durchgang des Hofes, doch niemand kam hinter ihr her.

Am liebsten hätte sie sofort ihren Vater angerufen, ihm alles gestanden, sich entschuldigt. Er hätte gelacht und gesagt, dass er das schon ausbügeln würde. Aber nein, sie durfte sich nichts vormachen, das hätte er nicht. Er wäre enttäuscht, wenn er hören würde, dass sie sich in die laufenden Ermittlungen zu dem aktuellen Mordfall reingehängt hatte. Alles käme ans Licht. Und nicht nur sie bekäme dann großen Ärger, sondern auch Jette. Gaby hatte sich unrechtmäßig im Büro von Jettes Vater aufgehalten. Nein, sie durfte ihrem Vater nichts davon sagen, und sie betete, dass dieser Sascha aus einem anderen Grund zum Handy gegriffen hatte und nicht etwa, um zu telefonieren. Verdammt, sie musste so schnell wie möglich nach Hause! Sie hatte in der Schule Übelkeit vorgetäuscht. Was das anbelangte, musste sie nicht einmal mehr lügen, denn ihr war speiübel.

Auf dem Weg zur U-Bahn hatte Gaby ein paar Mal das Gefühl, dass sie verfolgt wurde, doch das war gewiss nur Einbildung, denn jedes Mal, wenn sie sich umdrehte, war keiner zu sehen der den Anschein erweckte, ihr zu folgen. Um sie herum waren so viele Menschen, niemand würde sie hier so schnell finden können. Außerdem hatte sie sich die Kapuze ihrer Jacke über den Kopf gezogen und war deshalb nicht so leicht zu erkennen. Nach kurzer Zeit konnte sie in die U4 Richtung Bergen-Enkheim steigen. Als sich die Türen schlossen, fiel ihr ein Stein vom Herzen. Ihre Knie zitterten, und sie musste sich setzen. Zehn Minuten später stieg sie an der Seckbacher Landstraße wieder aus. Sie hatte genau sieben Minuten Zeit, bis der 43er-Bus eintreffen würde, mit dem sie in die Draisbornstraße gelangte. Von dort aus musste sie nur etwa 200 Meter bis zu ihrem Haus laufen, dann wäre der Albtraum vorläufig beendet.

Doch kaum war sie ausgestiegen, da wurde sie hart von hinten gepackt. Hilfe, was geschah da mit ihr? Sie wollte schreien, war jedoch so erschrocken, dass sie nicht dazu in der Lage war. Jemand stieß sie grob vor sich her, bis sie an der stehenden U-Bahn vorbei waren, und dann, plötzlich, wurde sie auf die Gleise gestoßen. Sie schlug hart auf und schrie aus Leibeskräften. Ihr Arm, er schmerzte furchtbar. Ihr Kopf … Alles drehte sich, dann wurde es dunkel um sie herum.

Zwei junge Männer hatten alles mit angesehen. Sie liefen los, beschleunigten ihre Schritte, rannten so schnell sie konnten. Jeden Moment würde die U-Bahn weiterfahren. Einer der beiden fuchtelte mit den Armen, rief laut: „Stehen bleiben!" Doch in dem Lärm des im selben Moment anfahrenden Zuges gingen seine Schreie unter. „Schnell, die Bahn wird sie gleich überrollen, schnell!" Beide Männer sprangen gleichzeitig in den Schacht, zogen das Mädchen mit vereinten Kräften hoch und schoben es auf den Bahnsteig. Mit letzter Kraft hievten sie sich nach oben und ließen sich auf den Bahnsteig fallen. Gleichzeitig rollte die Bahn an ihnen vorbei, bevor sie etwa 30 Meter weiter ruckartig zum Stehen kam. Erst jetzt schien der Fahrer die Situation erfasst zu haben.

Als Hesse und ich eintrafen, war bereits ein Krankenwagen vor Ort. Ein Mannschaftswagen der Polizei stand vor dem U-Bahn-Eingang. Ich spurtete die Rolltreppe runter, indem ich immer zwei Stufen auf einmal nahm.

„So warte doch, Lutz!", rief Hesse mir hinterher. „Du brichst dir das Genick!"

Doch ich hörte nicht auf ihn, sondern schubste die Leute beiseite und arbeitete mich weiter vor. „Machen Sie Platz, Kriminalpolizei!" Ich war wie von Sinnen.

Gaby lag mit aschfahlem Gesicht auf einer Trage. Mir traten Tränen in die Augen, ich konnte das Schluchzen nicht unterdrücken.

„Bitte machen Sie Platz", sagten die Sanitäter: „Sie muss ins Krankenhaus."

„Ich bin ihr Vater!", schrie ich verzweifelt. „Wie ... wie geht es ihr? Ist sie schwer verletzt?"

„Sie hat einen Schock erlitten, zudem haben wir eine Gehirnerschütterung und eine offene Unterarmfraktur festgestellt."

Erst jetzt sah ich all das Blut und die provisorische Armschiene.

„Wo bringen Sie sie hin?"

„Wir haben ein Okay vom Markus-Krankenhaus erhalten", antwortete der Arzt, der sie an den Tropf gehängt hatte und neben den Sanitätern herlief.

„Ich komme mit. Bernd, ruf meine Frau an und kümmere dich um die Zeugen."

„Da vorne stehen die beiden Retter." Ein älterer Herr wies auf zwei bleichgesichtige junge Männer. Ein Arzt hatte sich um sie gekümmert, und mehrere Polizisten standen um die beiden herum.

Hesse wies sich aus.

„Die Herren haben dem jungen Mädchen das Leben gerettet", sagte ein Polizist.

Wie sich herausstellte, hatten die beiden auf dem Bahnsteig einen Mann mit einer dunklen, tief ins Gesicht gezogenen Mütze beobachtet. Dieser hatte das Mädchen vor sich her geschubst und es auf die Bahngleise gestoßen. Der Arzt untersagte vorerst weitere Befragungen. „Wir nehmen die jungen Herren vorsorglich mit ins Krankenhaus."

Hesse wollte gerade protestieren, da nahm ihm einer der Polizisten den Wind aus den Segeln. „Ich gebe Ihnen Namen und Daten der beiden", sagte er.

In der Zwischenzeit hatten sich weitere Passanten gemeldet, die etwas zum Tathergang berichten konnten.

Eine junge Frau sagte aus, dass das Gesicht des Täters hinter einer Sonnenbrille verborgen gewesen sei. „Er war dunkel gekleidet: schwarze Jacke, dunkle Jeans und Sneakers, wenn ich mich nicht täusche. Es ging alles so schnell."

Niemand schien die Haarfarbe des Mannes oder nur einen Teil seines Gesichts gesehen zu haben. Doch waren sich alle Zeugen einig, dass es sich bei dem Täter um einen eher jüngeren Mann gehandelt haben musste, der zwischen einem Meter fünfundsiebzig und einem Meter achtzig groß gewesen sei.

„Die ganze Gegend rund um den U-Bahnhof wird abgekämmt", sagte einer der Polizisten. „Bisher wurden keine verdächtigen Personen identifiziert."

Eine ältere Frau wollte gesehen haben, dass der Mann unmittelbar nach der Tat auf den gegenüberliegenden Bahnsteig gelaufen und in die U4 Richtung Merianplatz eingestiegen sei.

„Verdammt wenig, was wir da haben", schimpfte Hesse.

„Mama?", flüsterte Gaby, während ich an ihrem Bett in der Notaufnahme des Markus-Krankenhauses saß und sie streichelte.

„Du wirst jetzt kurz in den OP gebracht, dort reparieren sie deinen Arm, und wenn du wieder wach bist, dann ist Mama da."

Gaby schossen Tränen in die Augen. „Ich werde operiert?"

Ich küsste sie auf die Stirn und nickte traurig. „Aber alles wird wieder, mein Schatz. Das verspreche ich dir. Ich werde hier so lange auf dich warten."

Ich hatte so unendlich viele Fragen und musste mich beherrschen, nicht damit herauszuplatzen. Doch der Arzt hatte mir erklärt, dass Gaby momentan keinem weiteren Stress ausgesetzt werden dürfe. Verdammt noch mal, ich würde diesen Wahnsinnigen schnappen, der ihr das angetan hatte! Ich wollte ihm sämtliche Knochen brechen. Nie im Leben hatte ich eine solche Wut verspürt. Eine Mordswut!

„So, junge Dame, jetzt gibt's ein kleines Spritzchen." Die Schwester an Gabys Bett zog eine Spritze auf. „Keine Sorge, die wirkt Wunder."

Gaby sah mich aus angstgeweiteten Augen an und presste meine Hand.

„Ich bin bei dir." Ich strich Gaby übers Haar. Sie wirkte so unendlich zerbrechlich, wie sie dort lag, während die

Schwester ihr die Spritze setzte. „Die wirkt jetzt schnell", sagte sie, „und erst dann fahren wir dich in den OP."

Nach wenigen Minuten entspannte sich Gaby und sie begann zu kichern. „Das war die Scheißegal-Spritze, nicht? Ist das lustig!"

Ich musste lachen. Mein kleines Mädchen versuchte, tapfer zu sein.

In diesem Moment kam Bettina angelaufen. Selten hatte ich mich so gefreut, sie zu sehen. Beim Anblick unserer Tochter kämpfte sie mit den Tränen.

„Mama, du guckst ja wie sieben Tage Regenwetter." Gaby grinste über das ganze Gesicht.

„Die Spritze wirkt", flüsterte ich Bettina ins Ohr.

„Na, dann fahren wir dich jetzt ein bisschen spazieren, Gaby", sagte die Schwester, löste die Bremsen des Bettes und nickte uns zu.

Wir umarmten unser kleines Mädchen zum Abschied.

„Bis gleich, mein Schatz", sagte Bettina und sah Gaby hinterher.

Bettina lehnte sich an meine Schulter und weinte bitterlich. „Wie konnte das passieren? Bernd hat mir alles erzählt."

Ich schüttelte den Kopf, denn auch ich konnte mir keinen Reim darauf machen. „Du weißt nicht, warum sie nicht in der Schule war, oder?"

Bettina sah mir mit besorgtem Blick in die Augen. „Während ich hierher fuhr, habe ich das Sekretariat angerufen. Gaby hat wohl ihre Tage bekommen und ihr war übel, deshalb wollte sie nach Hause."

„Aber sie ist nicht am Opernplatz eingestiegen, sondern, wie es aussieht, mindestens zwei Stationen vorher."

Mein Handy klingelte. Ich zog es aus der Jacke und nahm den Anruf entgegen. „Bernd?"

Stillschweigend hörte ich mir die Ausführungen meines Kollegen an und bedankte mich schließlich. „Das hast du präzise ausgeführt. Ich komme später rein. Können wir die beiden heute vernehmen? ... Ich werde rechtzeitig da sein. Bitte besorge mir einen Wachmann ... Ja, danke." Ich steckte das Handy zurück in die Jacke.

„Was heißt denn ‚präzise ausgeführt', und was hast du mit ‚Wachmann' gemeint?", fragte Bettina besorgt.

„Der Mistkerl ist entwischt", fluchte ich, „und niemand hat offensichtlich sein Gesicht gesehen. Verdammt, so viele Menschen auf dem Bahnsteig, und dann so ein Misserfolg!" Ich hielt kurz inne, bevor ich mich daran erinnerte, dass Bettina noch eine weitere Frage gestellt hatte. „Den Wachmann müssen wir postieren", sagte ich zu ihr. „Es ist nicht auszuschließen, dass das Schwein erneut versuchen wird, Gaby etwas anzutun! Deshalb werden wir vorläufig nicht an die große Glocke hängen, in welchem Krankenhaus sie liegt."

Bettina riss die Augen auf. „Oh mein Gott, Lutz!"

Ich ließ mich auf den Besucherstuhl fallen, beugte mich vor und stützte den Kopf in die Hände. Nur eine Vorsichtsmaßnahme. Dennoch: Geduld war nie meine Stärke gewesen, aber wenn es um die Familie ging, wurde ich zum Tyrannen. Ich sah auf die Uhr. „Gabys Rettern geht es Gott sei Dank besser. Bernd hat sie für heute Nachmittag vorgeladen. Ich will unbedingt mit ihnen sprechen, aber erst muss ich wissen, wie es Gaby geht. Ein Mann hat ausgesagt, dass sie mindestens drei Stationen mit ihm zusammen in der U-Bahn saß, vermutlich ab Willy-Brandt-Platz. Er hat ihr gegenüber gesessen." So viele Fragen schossen mir durch den Kopf, auf die ich keine Antworten wusste. „Was wollte sie denn dort?", fragte ich Bettina. „Hat sie dir heute Morgen irgendetwas Außergewöhnliches mitgeteilt?"

Bettina schüttelte entschieden den Kopf. „Nein, nicht das Geringste. Sie hat sich wie immer verabschiedet und sich nicht anders verhalten als sonst. Sie hat nur mehrfach auf ihr Handy geschaut. Aber das kommt schon mal vor."

Eine Stunde später wurde meine Tochter in das Krankenzimmer geschoben, in dem wir auf sie gewartet hatten. Ich hatte veranlasst, dass sie ein Einzelzimmer bekam, schon wegen des Beamten vor der Tür.

Der Arzt klärte uns auf. „Ihre Tochter hatte eine dislozierte Unterarmfraktur und wir mussten eine Platte einschrauben. Zum Glück ist es der linke Arm. Sie ist hart mit dem Schädel aufgeschlagen. Ein Wunder, dass sie keinen Schädelbruch erlitten hat. Es ist nicht auszuschließen, dass sie vorübergehend Gedächtnislücken hat. Für die nächsten Tage werde ich ihr strenge Bettruhe verordnen."

„Sie sind sich aber sicher, dass ihr Gehirn keinen größeren Schaden genommen hat?", presste Gaby hervor.

Der Arzt nickte. „Beruhigen Sie sich, sie kommt wieder in Ordnung. Nur bitte gönnen Sie ihr die Ruhe, die sie dringend braucht." Er wandte sich an mich. „Ich kann mir vorstellen, dass Sie als Kriminalkommissar darauf brennen herauszufinden, was geschehen ist, erst recht, weil es Ihrer Tochter passiert ist. Aber ich muss Sie warnen. Sie werden sich ein paar Tage gedulden müssen. Sie tun ihr keinen Gefallen damit, wenn Sie von ihr verlangen, Ihnen Rede und Antwort zu stehen!"

„Ich verstehe, Herr Doktor."

Es war zum Kotzen. Wir konnten nichts tun, als abzuwarten. Und just in diesem Moment und in dieser Stadt lief ein Kerl herum, der meine Tochter umbringen wollte.

Gaby schlief tief und fest, und Bettina bestand darauf, die Nacht bei ihr zu bleiben. Das wiederum beruhigte mich.

„Du kannst ins Präsidium fahren, Lutz, ich sage dir umgehend Bescheid, wenn sie wach wird. Ich weiß, du hältst es hier im Moment kaum aus."

Ich küsste meine Frau, wollte rausgehen, doch dann fiel mir etwas ein. „Weißt du, ob Jette heute in der Schule war?"

Bettina sah mich verwirrt an. „Wieso? Denkst du, Gaby könnte bei ihr gewesen sein?"

„Klevebergs DNA wurde inzwischen untersucht. Er scheint unschuldig zu sein, Chef. Seine DNA-Spuren konnten weder auf der Leiche noch am Tatort nachgewiesen werden", sagte Hesse, als ich in unser Büro im Polizeipräsidium kam.

„Kannst du mir das ein anderes Mal erzählen?", erwiderte ich. „Ich habe dafür derzeit keinen Nerv. Wo sind die Männer?"

Als die beiden jungen Helden eintraten, war ich den Tränen nahe. Sie hatten meine Tochter unter Einsatz ihres Lebens gerettet. Hesse und ich reichten ihnen die Hand.

„Sie wissen ja gar nicht, was Sie da geleistet haben", begann ich. „Das war eine selbstlose und mutige Tat. Ich hoffe, Sie haben keine Schäden davongetragen." Besorgt blickte ich von einem zum anderen.

„Nein, keine Sorge", sagte Sven Neumann. „Außer ein paar Schürfwunden ist alles gut gegangen. Einen Schock bekommt man da aber schon."

Sven Neumann und Jasper Lotz waren beide Germanistikstudenten, wie sich herausstellte. Sie lebten in einer Vierer-WG am Merianplatz und waren just an diesem Morgen im Begriff gewesen, in die U4 zu steigen, als sie auf meine Tochter aufmerksam wurden.

„Ich bemerkte, wie der Mann sie vor sich herstieß, sah das entsetzte Gesicht des jungen Mädchens, da war mir alles klar. Dann stieß ich meinen Kumpel an", sagte Neumann.

Lotz nickte. „Du meintest, da stimmt was nicht."

Neumann fuhr fort. „Instinktiv rannten wir hinter den beiden her. Und dann stieß der Typ sie in den Schacht. Wir sprangen sofort hinterher. Mist, wir waren geradezu panisch. Einer von uns hätte den Kerl verfolgen sollen."

Lotz raufte sich die Haare. „Aber wir wussten, wir hatten nicht viel Zeit."

„Ich schrie", ergänzte Neumann, „der Fahrer hat das aber nicht be..."

„Doch", unterbrach ich ihn, „er hat, wenige Sekunden nachdem die Bahn angefahren war, die Notbremse betätigt. Für meine Tochter wäre das allerdings zu spät gewesen, sie hätte keine Chance gehabt."

„Ihre Tochter? Sie meinen ... oh mein Gott!" Neumann blickte mich fassungslos an.

„Das wussten wir ja gar nicht!" Lotz schüttelte entsetzt den Kopf.

Ich winkte ab. „Das tut nichts zur Sache. Sie haben ein Leben gerettet, und ich kann Ihnen kaum sagen, was ich fühle und wie dankbar ich Ihnen bin!" Ich rang um die richtigen Worte, weil es mir die Kehle zuschnürte.

„Wie … wie geht es Ihrer Tochter?", fragte Lotz.

„Sie hat eine schwere Gehirnerschütterung und einen Bruch, der operiert werden musste. Aber wegen Ihres mutigen Einsatzes wird sie das alles ohne Folgeschäden überstehen."

„Mein Gott", wiederholte Neumann. „Haben Sie den Kerl erwischt, ich meine, welcher Bekloppte tut so etwas?"

„Das wüsste ich auch zu gern, glauben Sie mir. Ich bete darum, ihm nicht allein begegnen zu müssen. Andernfalls würde ich mich strafbar machen und ihm sämtliche Knochen im Leib brechen, das können Sie mir glauben. Leider ist meine Tochter momentan nicht ansprechbar. Und Geduld ist nicht meine Stärke, wenn es um mein einziges Kind geht."

„Könnten Sie ihr herzliche Grüße ausrichten, oder kann man sie besuchen?"

„Das Angebot weiß ich zu schätzen, und die Grüße richte ich aus, Herr Neumann, aber momentan ist es besser, wenn niemand sie besucht. Ihre Mutter ist bei ihr, das reicht fürs Erste."

„Ich verstehe, klar", sagte Neumann.

„Dennoch bleiben wir in Verbindung, zum einen, falls Ihnen etwas einfällt, und zum anderen, weil sich Gaby bei Ihnen persönlich bedanken wird, nehme ich an. Und meine Frau ebenfalls. Falls Ihnen zu dem Fall momentan nichts mehr einfällt, wollen wir Ihre Zeit nicht länger in Anspruch nehmen, meine Herren."

Neumann stand auf.

„Sie haben ja unsere Telefonnummern. Ich stehe Ihnen jederzeit zur Verfügung."

„Genau wie ich", ergänzte Lotz und erhob sich ebenfalls.

Ich folgte den beiden zur Tür. „Das, was Sie getan haben, erfordert großen Mut, und Sie können sich nicht annähernd vorstellen, wie ich darüber denke. Da hat uns für wenige Sekunden das Schicksal vereint. Ich danke Ihnen von ganzem Herzen, Sie hat uns der Himmel geschickt." Ich konnte nicht anders, als die beiden herzlich zu umarmen.

„Du bist wirklich zu nichts zu gebrauchen!", schrie der Mann durchs Telefon.

„Was kann ich denn dafür? Ich hab' es so gemacht, wie Sie es wollten. Woher sollte ich wissen, dass diese beiden Idioten einschreiten würden? Damit rechnet doch kein Mensch."

Der Mann fand kaum Worte vor lauter Wut. „Hat man dich erkannt?", fragte er.

„Ich denke nicht, es ging ja alles so schnell. Und als die Männer das Mädchen rausgezogen hatten, da hat kein Mensch mehr nach mir geschaut."

„Und da bist du dir sicher, ja? Ich will dir was sagen: Du bist eine Nulpe. Ich finde heraus, in welchem Krankenhaus sie liegt, und lasse mir was einfallen. Und dieses Mal versagst du nicht, haben wir uns verstanden? Sonst gebe ich der Polizei einen entscheidenden Hinweis!" Der Mann legte auf.

„Hey, Sascha, wo warst du denn so lange? Ich hab' den ganzen Scheiß für dich mitgemacht", sagte einer der Schreinerkollegen.

„Musste was erledigen."

16

Gaby war wach geworden. „Mama, bist du da?"

Bettina, die im Sessel an ihrem Bett gesessen hatte, sprang auf, beugte sich über ihre Tochter und gab ihr einen Kuss. „Ich bin bei dir, dir kann nichts geschehen." Sie nahm Gabys Hand. „Wie geht es dir?"

„Was ist passiert, wieso bin ich hier?"

Oberarzt Dr. Wertmann, der in diesem Moment eingetreten war, hatte die letzten Worte mitbekommen. „Na, junges Fräulein, wie geht es dir?"

„Nur Kopfschmerzen und ..." Mit ängstlichem Blick sah Gaby auf ihren Arm. „Ich kann meinen Arm nicht bewegen."

„Das sollst du auch bitte nicht. Er muss erst mal heilen."

„Wieso ist er denn kaputt?"

„Du bist unglücklich gefallen, Gaby, aber es wird alles wieder gut. In ein paar Tagen wird es dir besser gehen."

Gabys Augenlider flatterten. Sie war sehr müde und war im Begriff, wieder einzuschlafen.

„Kommen Sie bitte mit raus, Frau Weigand", flüsterte Dr. Wertmann.

„Ich bin gleich wieder da", sagte Bettina sanft zu ihrer Tochter und folgte dem Arzt vor die Tür.

„Frau Weigand, ich sehe Ihren besorgten Blick. Es ist aber völlig normal, dass Gabys Gehirn das ausblendet, was sie so erschreckt hat. Dazu kommt die Gehirnerschütterung, wie ich ja schon einmal erwähnte. Geben Sie Ihrer Tochter die Zeit, die sie braucht, um das alles zu verarbeiten."

Bettina war völlig verzweifelt. „Wissen Sie, Herr Doktor, das wollen wir ja. Mir fällt es wesentlich leichter als meinem Mann, aber verstehen Sie, da draußen läuft jemand herum, der unsere Tochter ...", sie stockte, „der unsere Tochter töten wollte." Tränen schossen ihr in die Augen. „Glauben Sie mir, Gaby hat nie etwas Unrechtes getan, und außerdem ist sie doch ein Kind und ..."

Dr. Wertmann legte beruhigend eine Hand auf Bettinas Arm. „Das weiß ich doch alles. Und ich kann Sie verstehen. Ich bin ebenfalls Vater, und wenn eines meiner Kinder ein solches Erlebnis gehabt hätte, dann würde ich vermutlich Amok laufen. Ich sehe das hier aus rein medizinischer Sicht. Und wenn Sie ihr nachhaltig helfen wollen, dann gönnen Sie ihr die Auszeit, die ihr Gehirn fordert. Sie wird sich von selbst öffnen, wenn sie dazu bereit ist, glauben Sie mir. Hier kann ihr außerdem nichts geschehen, sie wird ja bestens beschützt." Er wandte seinen Blick zu dem Wachmann, der direkt neben der Tür postiert war.

„Ich bleibe auf jeden Fall hier", sagte Bettina. „Ich meine, über Nacht."

Das Handy summte. Sie hatte es leise gestellt, damit niemand Gabys Schlaf stören konnte. Bettina taten alle Knochen weh. Sie hatte die ganze Nacht im Sessel am Bett ihrer Tochter verbracht, doch in den frühen Morgenstunden musste sie eingeschlafen sein. Sie streckte ihre schmerzenden Glieder. Das Handy summte noch immer. „Hallo?" Bettina flüsterte, während sie das Zimmer verließ. Sie nickte dem Wachmann zu und ging den Gang entlang.

„Hallo Frau Weigand. Ist Gaby krank? Ich frage, weil sie nicht in der Schule ist und auch nicht an ihr

Handy geht. Ach so, Entschuldigung, hier spricht Jette. Ich habe mir Ihre Handynummer im Schulsekretariat geben lassen, weil ich mir Sorgen mache."

„Jette, ja natürlich, kein Problem. Nett, dass du anrufst. Ja, ähm, Gaby hatte einen Unfall, sie liegt im Krankenhaus."

„Einen Unfall? Oje, was ist denn passiert?"

Bettina überlegte. Sollte sie gegenüber Gabys bester Freundin ins Detail gehen? Gaby hätte Jette sicher alles erzählt, und sie würde sicher schon bald nach Jette fragen und sich ihren Besuch erhoffen. „Sie ist gestern in der U-Bahn verunglückt." Bettina hatte sich für die Softvariante entschieden.

Am anderen Ende entstand eine Pause.

„Jette?"

„Frau Weigand, verunglückt?" Jettes Stimme zitterte. „Ähm, sie ist aber nicht das Mädchen, das gestern auf die Gleise geschubst wurde, oder?"

Das hätte Bettina sich denken können, dass dieses Ereignis in den lokalen Nachrichten gemeldet werden würde.

„Doch, Jette, sie ist das Mädchen, leider."

„Was? Aber wie konnte das passieren? Ich meine, wer tut denn so was? War das etwa ein Terrorangriff?"

„Wir wissen es nicht", antwortete Bettina. „Hat sie dir in letzter Zeit mal gesagt, dass sie bedroht wurde, dass sie vor etwas oder jemandem Angst hatte oder Ähnliches? Bitte, wenn du etwas weißt, dann musst du es mir sagen. Das ist wichtig! Sicher wird mein Mann einige Fragen an dich richten wollen."

„Frau Weigand, klar, aber da war nichts in der Richtung. Glauben Sie mir, wir haben – da bin ich mir ziemlich sicher – über alles gesprochen, aber nein, nichts hat sie beunruhigt, denke ich. Oder sie hat es mir nicht gesagt."

„Sag mal, du warst aber gestern in der Schule, oder? Ich meine den ganzen Tag?"

„Wieso fragen Sie mich das?", wollte Jette wissen. Das Zittern in ihrer Stimme war Unsicherheit gewichen. „Denken Sie etwa … oh mein Gott, ich würde doch Gaby nichts antun!"

„Nein, nein, das weiß ich doch. Ich dachte nur, sie wollte dich möglicherweise besuchen. Entschuldige, hätte ja sein können, wobei es Gaby nicht ähnlich sieht – ich meine, zu schwänzen."

„Ich war den ganzen Tag in der Schule", erklärte Jette, „aber Gaby sagte, dass sie ihre Tage bekommen habe und dass ihr übel sei. Sie hat sich bei der Lehrerin entschuldigt, wissen Sie, ich kenne das, so was kommt vor und …"

„Ich weiß", unterbrach Bettina. „Wir wüssten nur gern, was dann genau geschah. Man schubst ja niemanden aus heiterem Himmel auf die Bahngleise."

„Kann sie es Ihnen denn nicht selber sagen, ich meine, ist sie nicht ansprechbar?"

„Nein, Jette, ich kann dich beruhigen. Sie hat nur eine Gehirnerschütterung und wir dürfen sie nicht überanstrengen. Deswegen kann sie es uns im Moment nicht sagen."

„Darf ich sie, ich meine, kann ich sie besuchen?"

Wieder zögerte Bettina. „Im Moment nicht, aber ich lasse es dich auf jeden Fall wissen, wenn es ihr besser geht."

„Bitte sagen Sie ihr, dass ich an sie denke, ja? Und richten Sie ihr Grüße aus, und alles Gute. Das tut mir alles so leid!"

17

Ich hatte das Handy meiner Tochter konfisziert. Sie konnte momentan nichts damit anfangen. Ich hoffte, auf irgendeine Spur stoßen zu können, und hatte deswegen ihre Telefonkontakte überprüft. Zum Glück waren es nicht allzu viele. Nur die Nummern einiger Schulkameraden, meine Handynummer und die von Bettina.

Über WhatsApp schrieb sie nur mit Jette und Bettina. Es tat mir leid, dass ich im intimsten Privatleben meiner Tochter herumschnüffeln musste, doch in diesem Fall konnte ich darauf keine Rücksicht nehmen. Da war zum einen der Facebook-Account. Zudem war sie auf Instagram aktiv und hatte dort einige Fotos hochgeladen, wie das heute alle jungen Leute taten. Sämtliche Fotos, die Gaby dort eingestellt hatte, stammten aus der Neuen Frankfurter Altstadt: Jettes Haus, die Goldene Waage, der Hühnermarkt. Einige Fotos zeigten einen roten Stein. Gaby hatte ihn von allen Seiten aufgenommen. Was mochte das für ein eigentümlicher Stein sein? Das gleiche Rot wie das des Roten Hauses. Mir war, als wäre es der Stein, den ich kürzlich in Gabys Zimmer gesehen hatte. Ihr Interesse an der Altstadt war also noch längst nicht abgeebbt, das verrieten mir die Fotos. Ich selbst fotografierte höchst selten mit dem Smartphone und war überrascht über die Qualität der Bilder. Gabys „Fotoalbum" durchstöberte ich Bild für Bild. Wenngleich mich die Selfies – mal mit Jette, mal ohne sie – nicht überraschten, staunte ich dennoch über deren Anzahl. Aber das Thema Selfie hatte ich schon mehrfach angesprochen und dabei jedes Mal auf Granit gebissen. Selfies machten die meisten Leute, nicht nur Jugendliche. Nein, in Gabys Handy wies nichts auf etwas Ungewöhnliches oder gar ein Geheimnis hin. Ich wollte das Handy gerade ausschalten, da fiel mir etwas ein und ich öffnete die Fotogalerie erneut. Unter der Rubrik „Alben“ gab es den Button „Papierkorb“. Den hatte ich bei meiner Recherche vergessen. Ich fand darin zehn gelöschte Aufnahmen.

„Merkwürdig, lauter Möbelstücke“, sagte ich laut vor mich hin. „Wo hat sie die denn entdeckt?“

Hesse, der neben mir an seinem Schreibtisch saß, sah mich an. „Was gefunden?“

„Komm her und sieh dir das an.“

Hesse klickte sich durch die Ablichtungen. „Wenn ich eins und eins zusammenzähle, dann würde ich sagen, deine Tochter hat das Mobiliar in der Altstadt fotografiert. Allerdings denke ich, diese Fotos wurden von den Originalaufnahmen abfotografiert. Sieh nur, sie haben eine gewisse Unschärfe.“ Er vergrößerte eine der Aufnahmen mit den Fingern.

Ich sah ganz genau hin und nickte. „Schau, da kann man zum Teil die Ränder der Fotos erkennen. Ich würde sagen, du hast recht. Sag mal, du hast im Moment mehr Geduld als ich. Könntest du mir ihre Fotos bitte an mein Handy weiterleiten?“

„Klar, Chef, kein Problem.“

18

„Hast du deine Freundin denn schon besucht?", fragte Detlef Grubenmacher.

„Wieso fragst du?", entgegnete Jette. „Du weißt doch, dass das im Moment nicht erlaubt ist."

Detlef winkte ab. „Nicht erlaubt? Unsinn! Die beste Freundin sollte doch zu Besuch kommen dürfen. Gaby wird sicher längst auf dich warten."

„Frau Weigand sagt mir Bescheid, wenn ich kommen darf, Papa."

„Darauf würde ich mich nicht verlassen, die haben augenblicklich andere Sorgen. Ich würde an deiner Stelle noch mal nachfragen."

Jette seufzte. Warum drängte ihr Vater sie so?

„Das ist mir peinlich, Papa, ich möchte nicht lästig werden."

„Entweder ihr seid Freundinnen oder nicht."

Jette stand auf und begann das Geschirr vom Abendessen abzuräumen. „Was denkst du, Mama?"

„Ich überlasse es dir."

„In welchem Krankenhaus liegt sie denn? Ich könnte dich hinfahren." Detlef sah seine Tochter erwartungsvoll an.

„Das weiß ich nicht."

„Na, das ist ja merkwürdig! Du weißt nicht, in welchem Krankenhaus deine beste Freundin liegt?"

„Frau Weigand sagt, sie braucht Ruhe."

„Die stellen sich an, wenn du mich fragst. Ist doch nichts passiert, bloß ein gebrochener Arm."

Jette staunte. „Bloß? Wie sprichst du denn? Sie hätte tot sein können! Außerdem hat sie eine schwere Gehirnerschütterung. Papa, ich finde, du bist eiskalt."

Detlef starrte Renata an. „Hast du das gehört? So hat sie früher nicht gesprochen, das haben wir dieser Gaby zu verdanken."

Jette stiegen Tränen in die Augen.

„Detlef, ich finde, du übertreibst", sagte Renata. „Jette hat recht, du scheinst kein Mitgefühl zu kennen."

„Und ehe ich es vergesse, Papa, heute Nachmittag hat mich Herr Weigand angerufen. Er wollte wissen, ob du morgens zu Hause warst, als dieser Herr Pérez letzte Woche getötet wurde."

Detlef gab sich gelangweilt. „Klar war ich zu Hause, wo sollte ich um diese Zeit sonst gewesen sein? Danke, dass du das bestätigt hast, wenngleich es albern ist. Ich brauche kein Alibi."

„Ich konnte es nicht bestätigen, Papa, denn ich habe dich an dem Morgen nicht gesehen und auch nichts von dir gehört!"

„Das wird jetzt langsam lächerlich, Jette. Willst du mich in die Pfanne hauen?"

„Ich will nicht lügen, das ist alles."

„Mama, bist du da?"

Bettina sprang auf. Sie hatte neben Gabys Bett gesessen und war eingenickt. „Aber ja, mein Schatz, wie geht es dir?" Sie streckte sich und nahm Gabys Hand.

„Besser, nur etwas Kopfschmerzen, aber mein Arm tut nicht weh. Kann ich bald nach Hause?"

„Du musst ein wenig Geduld haben, ich bin ja hier."

„Hat Jette sich gemeldet?"

„Aber ja, gestern schon. Sie lässt dich grüßen."

„Will sie mich denn nicht besuchen?"

„Doch, klar. Ich sagte ihr nur, es sei besser, wenn du momentan keinen Besuch bekommst. Du musst erst wieder zu Kräften kommen."

„Ach Mama, bitte, nur Jette!"

„Dein Vater möchte es nicht, Gaby."

„Bitte, er braucht es doch nicht zu erfahren. Wenn sie kommt, dann kannst du dir wenigstens mal freinehmen."

Bettina ging nicht weiter darauf ein. Stattdessen fragte sie: „Sag mal, magst du mit mir über deinen Unfall sprechen?"

„Ruf Jette an, bitte."

„Aber frühestens übermorgen." Dr. Wertmann betrat das Zimmer. „Solange du Kopfschmerzen hast, verbiete ich dir jeglichen Besuch."

Gaby nickte enttäuscht. „Die sind übrigens fast weg."

„Dann von mir aus übermorgen!"

„Hallo Jette, hier spricht Gabys Mutter. Deine Nummer hatte ich ja noch in der Anrufliste."

„Hallo Frau Weigand. Schön, dass Sie anrufen. Wie geht es ihr, kann ich sie sprechen?"

„Hör zu, Gaby wünscht sich, dass du sie besuchst. Meinst du, du könntest das einrichten?"

„Aber ja! Wann kann ich kommen?"

„Entschuldige, dass ich frage, aber bist du allein?"

Verwundert antwortete Jette. „Ja, ich bin zu Hause in meinem Zimmer." Sie stand auf und schloss vorsorglich ihre Zimmertür.

„Lass mal überlegen, übermorgen ist Freitag. Gleich nach der Schule?"

„Gern. Welches Krankenhaus ist es denn?"

„Jette, ich muss dich um einen Gefallen bitten. Behalte es bitte für dich. Es ist wichtig, dass niemand Gabys Aufenthaltsort kennt. Sie könnte sich in Gefahr befinden, solange wir nicht wissen, wer ihr das angetan hat und warum."

„Ich verspreche es Ihnen, Frau Weigand."

„Danke, dann komm doch am Freitag zum Markus-Krankenhaus, Orthopädische Chirurgie, zweites Obergeschoss, Station 32C, Zimmer 4. Ich vertrete mir in der Zwischenzeit die Beine, während du bei ihr bist, damit ihr in Ruhe reden könnt. Ein Wachmann passt vor der Tür auf euch auf."

„Markus-Krankenhaus, Station 32C, Zimmer 4", wiederholte Jette. „Welches Stockwerk sagten Sie?"

„Zweites Obergeschoss."

„Ah ja, zweites." Jette versuchte sich alle Angaben zu merken. „Ich werde gegen 14 Uhr da sein. Und wie aufregend, ein Wachmann sitzt vor der Tür! Ist ja wie im Krimi."

Detlef saß im Wohnzimmer und las Zeitung, als er Geräusche aus dem Zimmer seiner Tochter hörte. Er horchte auf und stellte fest, dass sie offenbar telefonierte. Er trat näher an die Tür. Jette sprach sehr leise, jedoch bekam er einige Wortfetzen mit. „... dann komm ich am Freitag ins Markus-Krankenhaus. Welches Stockwerk sagten Sie? ... Ah ja, zweites ..." Mehr konnte er nicht verstehen, doch ihm reichte diese Botschaft. Es gab nur einen Menschen, den Jette im Markus-Krankenhaus besuchen würde.

Bettina beschloss, ihrem Mann nichts von dem Gespräch mit Jette zu sagen. Männer waren kompliziert.

Lutz würde keinen Besuch zulassen. Doch für Gabys Genesung war ein wenig Zerstreuung notwendig. Und die beste Freundin war zweifellos eine bessere Therapeutin als der erfahrenste Psychologe, davon war Bettina überzeugt. Männern fehlte in psychischen Angelegenheiten die nötige Empathie. Bei passender Gelegenheit, wenn Gaby über das Schlimmste hinweggekommen wäre, würde sie es Lutz mitteilen.

19

Ich saß im noblen Operncafé und wartete bei einer Tasse Kaffee auf Grubenmacher. Er war zu beschäftigt, wie er mir gesagt hatte, um aufs Präsidium zu kommen. Es war mir recht gewesen, denn ich hatte heute einen Nachuntersuchungstermin bei meinem Zahnarzt gehabt. Zwar hatte ich den Mund vor Erstaunen kaum wieder zubekommen, als er mir erklärte, dass das Implantat erst in ein paar Monaten eingesetzt werden könne. Das sei völlig normal, hatte er mich mit einem breiten Lächeln beruhigt. Der Kiefer müsse erst verheilen. So löste sich nun wenigstens diese Sorge allmählich in Luft auf.

Von der Berliner Straße ließ sich der Opernplatz jedenfalls schnell erreichen. Deswegen hatte ich ausnahmsweise zugestimmt, mich mit Grubenmacher in einem Café seiner Wahl zu treffen. Es war ja eine etwas ungewöhnliche Situation, anders als ich sie sonst von meinen Ermittlungen kannte. Er war Jettes Vater. Außerdem lernte ich nebenbei das Operncafé kennen und hatte zu meiner Überraschung sogar einen Fensterplatz ergattert. Interessant, ich war in all den Jahren nicht ein einziges Mal in diesem Lokal gewesen. Allerdings gingen Bettina und ich auch selten gemeinsam in die Stadt – und noch seltener zum Opernplatz.

Ich hatte keine konkreten Angaben zum Anlass unseres Treffens gemacht. Es war die Hoffnung, dass mir Grubenmacher etwas zu den Fotografien sagen würde, die ich auf Gabys Handy gefunden hatte. Wenngleich ich die Herkunft der Fotos verschweigen wollte.

Ich wartete keine fünf Minuten, bis Grubenmacher – geschniegelt und gestylt wie immer – das Café betrat. „Aalglatt" war das Wort, das mir in den Sinn kam, als ich ihn sah.

Er reichte mir die Hand und setzte sich mir gegenüber. „Machen wir's kurz, Herr Weigand, ich muss zur nächsten Baustelle. Wie geht es Ihrer Tochter? Ich habe es von Jette erfahren, das ist ja kaum zu glauben! Sicher hängt das mit Ihrem Job zusammen. Was sind das bloß für Zeiten, in denen wir leben?"

Er wirkte zerknirscht.

„Danke, Herr Grubenmacher, wir ermitteln in alle Richtungen. Meiner Tochter geht es den Umständen entsprechend. Wir haben großes Glück gehabt."

„Mein Gott", ereiferte sich Grubenmacher, „wenn das meine Tochter gewesen wäre! Haben Sie denn einen Verdacht?"

„Ich bitte um Verzeihung, aber darüber kann ich im Moment nicht sprechen." Da auch ich viel zu tun hatte, sagte ich: „Ich möchte mich ebenfalls kurzfassen." Geschäftig zückte ich mein Handy, öffnete den Ordner mit den Fotos und ließ Grubenmacher auf das Display schauen. „Kennen Sie die Möbelstücke, oder besser gesagt: Gehört dieses Mobiliar in die Goldene Waage?"

Grubenmacher schaute für meinen Geschmack ein wenig zu überrascht auf die Fotos. „Darf ich fragen, woher Sie die Bilder haben?"

„Fragen dürfen Sie, antworten werde ich nicht", erklärte ich, ohne eine Miene zu verziehen. „Das tut nichts zur Sache."

„Ich schätze, das sind Replikas – Nachbildungen." Er sah mich an. „Darf ich noch mal durchscrollen?"

„Klar."

Grubenmacher sah sich alle zehn Fotos an. „Tja, wenn ich nicht wüsste, dass genau jene Originale bei einem dramatischen Auffahrunfall zerstört wurden … Deshalb frage ich, woher Sie die Aufnahmen haben, besser gesagt, von wann sie stammen. Sollten sie vor dem Unfall fotografiert worden sein, dann sind es keine Replikas."

„Das heißt, es könnte sich Ihrer Meinung nach um Mobiliar handeln, das der Goldenen Waage zugeliefert werden sollte?"

Grubenmacher nickte bedächtig. „Sieht so aus."

„Gibt es eventuell einen Katalog, der sämtliches Mobiliar aufführt?"

„Nicht dass ich wüsste. Aus dem Grund frage ich mich ja, woher Sie die Bilder haben."

Ich winkte der Bedienung, um den Kaffee zu bezahlen. „Dann will ich Ihre Zeit nicht länger in Anspruch nehmen." Ich sah ihm ins Gesicht. „Ich hoffe doch, dass Sie es mir umgehend mitteilen, wenn Ihnen etwas Ungewöhnliches auffällt."

„Lassen Sie mal stecken." Grubenmacher zückte seine Brieftasche. „Ich drücke Ihnen die Daumen, dass sich Gaby bald erholt. Meine Tochter vermisst sie schmerzlich."

„Danke, Herr Grubenmacher, dann verabschiede ich mich schon mal." Ich stand auf. „Schade, dass Ihre Tochter Sie am Morgen des Mordes nicht zu Hause angetroffen hat."

Ein leichtes Zucken in Grubenmachers Gesicht verriet mir Verblüffung. „Angetroffen hätte sie mich", entgegnete er, „sie hat nur nicht nach mir gesucht!"

Jettes Handy klingelte. „Papa?", fragte sie, als sie das Gespräch angenommen hatte.

„Wann hast du Gaby denn die Fotomappe gezeigt?", blaffte ihr Vater.

„Welche Fotomappe?"

„Ach, Jette, die mit den Möbelstücken, im Arbeitszimmer."

Jette war für einen Moment verstummt. „Das war so: Gaby hat mir etwas in Mathe erklärt, da haben wir uns zusammen an deinen Schreibtisch gesetzt, denn der ist groß genug für zwei, weißt du, und da lag deine Mappe. Wir haben sie beiseite geräumt. Dabei ist sie zu Boden gefallen und aufgeklappt. Das war alles."

„Soso, war das alles? Kopien davon waren auf Kommissar Weigands Handy. Interessant, nicht? Wie kamen sie denn bloß dahin?"

Ein bösartiger Unterton, der Jette gar nicht gefiel, verriet ihr, dass ihr Vater stinksauer war. Verdammter Mist, wie hatte er das nur herausfinden können? „Ich habe keine Ahnung, ehrlich."

„Lass mich mal logisch überlegen. Die Mappe ist runtergefallen und hat sich dabei von selbst aufgeklappt, sagst du. Wer sollte also diese Aufnahmen gemacht haben? Oder warst du es selbst?"

Jette riss die Augen auf. „Natürlich nicht! Gaby haben die Bilder sehr gut gefallen, aber ich wusste doch nicht, dass sie Fotos davon gemacht hat, und selbst wenn, das waren doch nur Fotos von Möbelstücken!"

„Hör mir gut zu! Außer dir, deiner Mutter und mir hat in meinem Arbeitszimmer niemand etwas verloren, verdammt noch mal! Du bringst mich in Teufels Küche."

20

Bettina wusste, sie hatte das Richtige getan. Gaby war wie ausgewechselt. Aus dem Mädchen mit dem aschfahlen Gesicht war ein sich langsam erholendes geworden. „Mama, wie viel Uhr ist es?"

Gaby strich ihrer Tochter eine Haarsträhne aus dem Gesicht. „Bald zwei. Ich lasse euch allein, sobald Jette da ist. Ihr habt euch sicher einiges zu erzählen." Insgeheim betete Bettina, dass alles gut gehen möge und Lutz nicht dahinterkäme, dass sie auf eigene Faust entschieden hatte, Jette einzuladen. Manchmal müssen Mütter selbstständig handeln, tröstete sie sich.

„Sehe ich ordentlich aus, ich meine, nicht dass Jette einen Schrecken bekommt?"

„Du siehst großartig aus."

Es klopfte.

„Herein!", rief Gaby.

Jette trat ein. „Hallo Frau Weigand." Zögernd trat sie in den Raum, reichte Bettina die Hand, wandte sich dann Gaby zu und reichte ihr eine große Schachtel Lindt Schokolade „Ist doch deine Lieblingsschokolade, oder?"

„Ich bin in einer Stunde wieder hier. Habt Spaß, ihr beiden", sagte Bettina.

„Lass dir Zeit, Mama." Gaby lächelte zufrieden.

Nachdem sie den Wachmann instruiert hatte, ging Bettina beruhigt dem Ausgang des Krankenhauses entgegen. Das Wetter war angenehm und sie überlegte, in welche Richtung sie gehen sollte, als sie auf einen nervös wirkenden Mann mit einer Baseballkappe aufmerksam wurde. Er hielt sich ein Handy ans Ohr und trat von einem Bein auf das andere. Einem Instinkt folgend blieb Bettina stehen.

„Bin jetzt da", hörte sie den Mann sagen. „Ja, sie ist nach oben gegangen. ... Nein, nur das Mädchen im Bett, keine Sorge. Die Mutter – wie sieht sie denn aus?"

Bettina war wie vom Schlag getroffen. War das reiner Zufall, oder sprach er von Gaby? War womöglich mit der Mutter sie gemeint? Eilig kauerte sie sich in eine Nische neben dem Eingang, wagte es nicht, sich zu entfernen.

„Ja, ich gehe rein", sagte der Mann. „Den Wachmann schaffe ich. Meine Schreckschusspistole werde ich einmal abfeuern. Das dürfte reichen, um ihn für kurze Zeit vom Platz zu vertreiben. ... Klar, mit dem Messer, wie sonst? ... Dass das andere Mädchen das mit ansieht, lässt sich schwer verhindern. ... Was heißt, wenn die Mutter kommt, ist sie fort? ... Ach so, klingt gut. ... Ja, ich warte ein paar Minuten, falls sie wiederkommt." Bettina betete darum, unentdeckt zu bleiben. „Okay", hörte sie den Mann jetzt sagen, „noch mal passiert mir das nicht. Keine weiteren Einwände? Dann gehe ich jetzt rein. ... Ja, ich lege in exakt zehn Minuten los." Er steckte sein Handy ein und Bettina mischte sich rasch unter eine Besuchergruppe.

Der Mann verschwand im Eingang.

Bettina zitterte am ganzen Leib, während sie ihr Handy aus der Tasche zerrte. Hastig tippte sie auf die Ruftaste ihres Mannes. Bitte, lass ihn rangehen!, betete sie stumm.

Nach dem zweiten Klingelton meldete er sich.

„Frag nicht!“, schrie sie beinahe ins Handy. „Komm sofort zum Markus-Krankenhaus und bring Verstärkung mit. Gaby ist in Gefahr ... Nein, keine Fragen. Ich glaube, der Typ, der sie vor die U-Bahn gestoßen hat, ist eben hier reingekommen. Keine Fragen jetzt. Er wird in zehn Minuten etwas tun. Er hat mindestens eine Schreckschusspistole und ein Messer bei sich. Komm jetzt!“ Sie beendete das Gespräch und stürzte zurück zum Eingang. Was sollte sie tun? Würde ihr jemand glauben, wenn sie von einem Mann sprach, der im Begriff war, ihre Tochter zu töten? Würde sie Gaby damit schaden? Sie musste nach oben. Sie rannte, schubste Leute beiseite. „Lassen Sie mich durch, es geht um Leben und Tod!“, schrie sie.

„He, was soll das, sind Sie verrückt?“

Zwei Ärzte stellten sich ihr in den Weg. „Immer mit der Ruhe, junge Frau.“

„Nein, helfen Sie mir, meine Tochter – das ist das Mädchen mit dem Wachmann vor der Tür –, sie ist in Gefahr.“

Ein paar Leute vom Personal waren dazugekommen, es gab einen Tumult.

„Wachmann?“, fragte jemand. „Wisst ihr was davon?“

„Ist sie aus der Psychiatrie?“ Einer der Ärzte umklammerte mit eisernem Griff ihren Arm. „Ruf mal da an.“

Bettina wehrte sich verzweifelt. „Bitte glauben Sie mir, sie liegt im zweiten Stock, Gaby Weigand.“ Sie begann zu weinen. „So glauben Sie mir doch! Mein Kind ist in Gefahr! Die Polizei ist informiert! Mein Mann, er ist bei der Kripo!“

„Dann klärt sich das ja gleich. Jetzt beruhigen Sie sich erst mal. Wie ist Ihr Name?“

Zwei Männer hielten sie rechts und links an den Armen.

„Weigand, verdammt noch mal, ich bin die Mutter. Wir vergeuden Zeit. Der Mann wird mein Kind ermorden."

Der Aufzug öffnete sich und ein Pfleger kam herbeigelaufen. „Da oben im Zweiten hat es einen Schuss gegeben!", rief er. „Außerdem wurde ein Wachmann mit einem Messer angegriffen, glaube ich. Ins Schwesternzimmer zu laufen war mir zu gefährlich, da bin ich runtergekommen. Kann hier mal jemand die Polizei rufen?"

„Was?", schrie Bettina. „Da hören Sie's!"

„Ruft die Polizei! Schnell!", rief ein anderer Mann.

Bettina riss sich los und rannte zum Aufzug. Da packte sie plötzlich ein Mann von hinten und hielt ihr ein Messer an den Hals. Der Mann blutete.

„Aus dem Weg, sonst töte ich sie!", schrie er. „Los, den Weg freimachen, wird's bald!"

Bettina erkannte die Stimme wieder. Der Mann mit der Baseballkappe hatte sie in seiner Gewalt. Sie riss die Augen auf, keuchte. Er zog sie hinter sich her, das Messer ganz nah an ihrer Kehle. Die Umstehenden wagten es nicht, sich zu bewegen. Der Mann ging weiter rückwärts, zog sie mit sich, benutzte sie als Schutzschild.

„Messer fallen lassen, Polizei!"

Bettina hätte beinahe laut aufgeschrien, als sie Lutz' Stimme erkannte. Aber es war noch nicht vorbei. Noch konnte sie nicht aufatmen.

„Wird's bald! Lassen Sie das verdammte Ding fallen, sonst erschieße ich Sie. Sie haben keine Chance, hier rauszukommen!"

Der Mann hielt weiterhin die Messerspitze auf Bettinas Kehlkopf gerichtet. Sie traute sich kaum zu atmen.

Gleich würde er ihr damit in den Hals stechen, da war sie sich sicher. Wenn sie wenigstens noch erfuhr, was mit Gaby geschehen war. Das Blut des Mannes tropfte an ihrem Hals herunter – oder war es ihr eigenes? Hatte er ihr längst die Kehle durchgeschnitten und sie starb bereits?

Ich hatte seinen Arm mit dem Messer direkt im Visier. Ich musste es tun, musste jetzt schießen, die Gelegenheit war günstig. Ein gezielter Schuss, und ihm würde das Messer aus der Hand gleiten. Los, tu es, schieß endlich, du schaffst das!, dachte ich. Mir war schwindelig vor Angst um Bettina, doch dann zog ich durch. Ich hatte getroffen. Der Mistkerl fiel seitlich zu Boden.

Ich stürzte zu Bettina, während Hesse und ein weiterer Polizist dem Verletzten Handschellen anlegten.

„Sie haben das Recht zu schweigen, andernfalls kann Ihre Aussage gegen Sie verwendet werden", hörte ich Hesse sagen.

„Gezielt in den Oberarm geschossen, klasse Leistung, Kommissar", sagte ein Kollege.

„Bist du verletzt? Du blutest ja." Ich kniete vor Bettina und nahm sie in die Arme.

„Es ist ... Ich glaube, es ist nicht mein Blut." Bettina weinte.

„Gott sei Dank!", entfuhr es mir. „Wo ist Gaby? Wie geht es ihr?" Ich keuchte die Worte. Ich war an meine Grenzen geraten, aber wir mussten beide durchhalten, für Gaby. Entschlossen zog ich meine HKP30 aus dem Holster. „Bleib du hier, ich gehe allein nach oben."

„Keine Chance." Bettina rappelte sich hoch, und mir blieb keine Zeit, mich mit ihr auseinanderzusetzen. Ich betete stumm, dass Gaby nichts geschehen war.

Auf dem Gang im zweiten Obergeschoss war eine Menge Blut geflossen. Der Wachmann, der vor Gabys Zimmer postiert gewesen war, lag auf einer Trage. Ein Arzt kümmerte sich um ihn.

„Messerstich, Schulter", sagte der Wachmann. „Ich habe ihn aber angeschossen, Herr Kommissar. Ihrer Tochter ist nichts geschehen. Ich habe mich vor die Tür geworfen."

Ich hätte den Mann umarmen können. „Großartig!", sagte ich nur.

Hinter mir hörte ich Bettinas Stimme: „Sie ist unverletzt? Oh mein Gott! Danke, danke!" Sie lief an mir vorbei und riss die Zimmertür auf.

Gaby lag weinend im Bett. Auf dem Stuhl daneben saß Jette, die nun genauso bleich aussah wie Gaby in den letzten Tagen. „Meine Mama holt mich gleich ab", sagte sie schluchzend. „Wir ... Hier war niemand drin, wir haben nur einen Schuss gehört und dann Schreie. Dann kam plötzlich eine Schwester hier rein und ... und hat uns gesagt, dass der Mann weg ist ... Welcher Mann denn? Wollte er ... ich meine, wollte er Gaby etwa was antun?" Jettes Augen weiteten sich. „Oder uns beiden?"

Ich schob meine Waffe zurück ins Holster und stürzte zu Gaby, zog sie an mich und umarmte sie lange.

Bettina zog sich einen zweiten Stuhl heran und setzte sich neben Jette. „Es sieht so aus, Jette. Das ist alles meine Schuld, ich hätte euch nicht allein lassen dürfen."

Ich drehte mich zu Bettina um und sah sie verständnislos an. „Wieso warst du überhaupt weg?" Ich richtete meinen Blick auf Jette. „Und wie kommst du hierher?"

Jette war viel zu schockiert, um antworten zu können. Doch nach einer Weile begann sie, von Schluchzern unterbrochen, zu reden: „Ich ... ich meine, ich wollte sie so gern besuchen ... ich weiß, sie durfte niemanden sehen ... aber ich dachte, es würde ihr guttun."

„Unsinn, du trägst keine Schuld." Bettina legte Jette einen Arm um die Schulter. Mit der anderen zog sie ein Taschentuch aus ihrer Jacke und tupfte sich Tränen aus den Augen. „Lutz, verzeih mir. Gaby war so matt und traurig, da dachte ich, es wäre das Beste, wenn ihre Freundin zu Besuch kommen könnte."

Ich hatte keine Kraft, jetzt darüber zu reden, sondern sagte nur: „Euch kann nichts mehr geschehen, wir haben den Kerl." Ich legte einen Arm um Bettina und flüsterte: „Du warst mehr als tapfer."

Ich spürte, wie sie aufatmete, als sie mich mit dankbarem Blick anlächelte.

Ich leistete Gaby im Krankenhaus Gesellschaft. Bettina hatte die Gelegenheit genutzt, um nach Hause zu fahren, sich frisch zu machen und auf andere Gedanken zu kommen. Gaby schwieg, starrte an die Decke, hielt aber meine Hand fest umklammert. Ich hatte so viele Fragen, doch wollte ich ihr frisch gewonnenes Vertrauen nicht erneut auf die Probe stellen. Plötzlich drehte sie den Kopf und sah mich an. „Verzeih mir, Papa, ich habe alles falsch gemacht. Wäre ich nur nicht so trotzig gewesen! Das Ganze hätte nicht passieren müssen."

Ich streichelte ihr blasses Gesicht. „Was hältst du davon, wenn du mir alles von Beginn an erzählst?"

Gaby nickte dankbar und begann zunächst zögerlich zu erzählen, bis die Worte nur so aus ihr heraussprudelten, und sie endlich zu den für mich entscheidenden Sätzen kam.

„Weißt du, diese Mappe auf dem Schreibtisch von Herrn Grubenmacher – sie kam mir merkwürdig vor.

Unter allen oder zumindest den meisten Möbelstücken stand: ‚Verkauft'. Du weißt ja, normalerweise hätte ich dir das erzählt ..." Sie hielt inne und sah mir unglücklich ins Gesicht. „Ich mach das nicht wieder, Papa, aber ich glaube, ich wollte dir eins auswischen. Oder vielleicht wollte ich dir auch nur beweisen, was ich draufhabe, ich weiß es nicht. Jette war im Bad, da habe ich die Situation genutzt und ein paar Bilder aus der Mappe abfotografiert. Ich konnte mir keinen Reim darauf machen, drum musste ich wissen, ob es sich um Möbelstücke handelte, die zur Goldenen Waage gehörten. Ich wählte einen Tag, an dem ich nichts Wichtiges in der Schule verpassen würde. Na ja, du weißt, ich log und sagte, mir wäre übel geworden." Ich sah, wie sie errötete. „Ich fuhr also mit der U-Bahn zur Altstadt." Sie stockte, wartete auf meine Reaktion, doch ich sah sie aufmunternd an. „Als ich da reingegangen bin – in die Goldene Waage –, da verließ mich der Mut, aber dann dachte ich an dich und was du alles auf dich nimmst, als Polizist. Es wäre umsonst gewesen, wäre ich getürmt, wo ich schon einmal da war. Ich erzählte denen, dass ich einen Aufsatz über die Goldene Waage schreibe."

Ich lachte laut. „Du bist eben meine Tochter, gar nicht so dumm, das Ganze."

Gaby fuhr fort: „Ich zeigte einem der beiden Männer die Fotos. Dann kam ein zweiter hinzu. Wollte wissen, woher ich sie habe. Das war peinlich, ich wusste nicht, was ich antworten sollte, und behauptete, sie wären aus einem Katalog. Dann sagten sie mir, dass die Möbel bei einem Unfall zerstört wurden. Plötzlich hatte ich das Gefühl, in ein Wespennest gestochen zu haben. Ich bedankte mich und wollte gehen. Der eine wollte mich aufhalten. Ich hatte Angst. Kaum war ich um die Ecke, da löschte ich die Fotos, nur dummerweise nicht aus dem Papierkorb, das hab′ ich glatt vergessen."

Ich lächelte. „Zum Glück hast du das vergessen, denn sonst wäre ich nicht dahintergekommen. Sag mal, Gaby, wenn ich dir jetzt ein Foto von dem Mann zeige, den wir gestern hier im Krankenhaus gefasst haben, hältst du das aus?"

Gaby antwortete mit versteinerter Miene. „Ich muss! Habe mir das ja alles selbst eingebrockt. Glaubst du, ich könnte ihn kennen?"

„Sehr gut möglich."

Ich suchte das Foto auf meinem Handy heraus und hielt es Gaby vor die Nase.

Gaby zögerte keine Sekunde. „Das ist der Mann, der mich aufhalten wollte. Seltsam, ich fühlte mich danach von ihm verfolgt, aber ich habe mich mehrfach umgedreht, da war niemand, der mir komisch vorkam."

Langsam begann alles einen Sinn zu ergeben. Etwas war in meinem Kopf, was nicht hervorkommen wollte. Doch dann, ganz plötzlich, wusste ich es: der Stein!

„Hör zu, ich muss den Stein untersuchen, du weißt schon, der, den du mit deinem Handy fotografiert hast."

„Du meinst den Stein vom Roten Haus?"

Ich nickte.

„Ja, mach nur. Ich bin froh ,dass ich dir alles gebeichtet habe. Tut mir leid für das Chaos, das ich angerichtet habe."

Ich küsste sie auf die Stirn. „Ich glaube, an deiner Stelle hätte ich ähnlich gehandelt. Und mal ganz ehrlich, ohne dich wären wir noch nicht so weit."

Gabys Wangen glühten vor Begeisterung. „Glaubst du?"

„Sie hat ihn erkannt. Ich bin mir fast sicher, dass er es war, der sie vor die U-Bahn gestoßen hat. Nur was steckt dahinter? Hat er was gesagt?"

„Er macht von seinem Aussageverweigerungsrecht Gebrauch", antwortete Hesse und warf einen interessierten Blick auf den Stein, der in Folie verpackt auf meinem Schreibtisch lag. „Was hast du denn da?"

„Das ist ein Stein. Der geht ins Labor. Ich glaube, so langsam wird die Sache rund."

„Wäre von Vorteil, wenn du mich zur Abwechslung wieder mal einweihst, was meinst du, Partner?" Das letzte Wort betonte er.

„Na klar, sobald ich mehr weiß."

„Witzig, ausgesprochen witzig."

Ich griff nach dem Telefonhörer und wählte Grubenmachers Nummer.

Grubenmacher meldete sich umgehend. „Weigand, ich würde Ihnen allzu gern einen Anwalt auf den Hals hetzen. Ihre Tochter hat mein Kind in Lebensgefahr gebracht."

„Das können Sie später immer noch tun, vielleicht aber auch besser nicht."

„Wie meinen Sie das?"

Ich ging darauf nicht ein. „Wir haben den Täter, Herr Grubenmacher."

„Ein Verrückter weniger!"

„Sie kennen den Mann. Sascha Weber."

„Sascha Weber … Sascha Weber?"

„Einer Ihrer Schreiner."

Ich wartete auf eine Reaktion, doch die blieb aus. Dafür spürte ich förmlich, wie Grubenmacher die Luft anhielt.

„Sind Sie noch da, Herr Grubenmacher?"

„Ich denke nach, Herr Kommissar. Und ja, Sie haben recht, Sascha Weber gehört zu meinem Team. Er ist neu oder besser gesagt, noch nicht lange dabei. Na so was, ich glaube, ich habe ihn sogar schon instruiert. Ja, jetzt fällt es mir ein. Ein komischer Kerl. Kam mir nie geheuer vor. Wollte ihm sogar schon kündigen."

„Könnten Sie sich morgen früh freinehmen, Herr Grubenmacher. Es gibt da einiges, was ich fragen muss beziehungsweise was sich nur im Präsidium klären lässt."

„Sagen Sie mal, Sie stehen in meiner Schuld, nicht ich in Ihrer."

„Die Schuldfrage lassen wir außen vor, sonst muss ich Sie vorladen lassen! Morgen früh zehn Uhr, Herr Grubenmacher." Ich legte auf.

Hesse sah mich an. „Nanu, was hast du vor?"

„Ich sammle morgen mal die nächsten Fingerabdrücke."

Ich stand auf, trat an das Whiteboard und sah auf die Liste der Namen, die wir im Zusammenhang mit diesem Fall dort angeheftet hatten. „Ah, Kleveberg hast du ausgestrichen. Denke, dieses Mal werden wir eine kleine Überraschung erleben. Aber zunächst geht der", ich ging zurück zum Schreibtisch und griff nach dem Stein, „ins DNA-Labor des Landeskriminalamts. Dummerweise befinden sich da mittlerweile nicht nur brauchbare Fingerabdrücke drauf."

„Der Stein der Weisen, was? Glaubst du, dass Weber mit dem Mord an Pérez zu tun hat?"

„Du darfst am Wochenende nach Hause", sagte Dr. Wertmann, nachdem er höchstpersönlich die Fäden von Gabys Operationsnaht gezogen hatte. „Bist schon fast wieder gesund. Bravo, du Kämpferin! Hast du immer noch Kopfschmerzen?"

Gaby lächelte. „Kein bisschen. Seit ich nicht mehr bewacht werde, sind sie wie weggeblasen."

Bettina lachte. „Sie kann schon wieder Späßchen machen. Wie geht es dem Wachmann?"

„Er ist wohlauf. Er war nur leicht verletzt, konnte ja zum Glück gleich seine Waffe zücken und diesem Wahnsinnigen einen Streifschuss verpassen. Nicht auszudenken, was hier passiert wäre, wenn er nicht vor der Tür postiert gewesen gewacht hätte. Was geht in dem Kopf eines Menschen vor, wenn er so etwas tut?"

„Wer versteht schon die Menschen?", sagte Bettina nur.

„Hauptsache, er kommt nicht zurück, Mama."

„Gewiss nicht, nach dem, was er angerichtet hat." Bettina hatte sich mit Lutz geeinigt, Gaby nichts von dem Angriff unten in der Eingangshalle zu erzählen.

Dr. Wertmann gab Gaby die Hand. „Alles Gute, junge Frau. Pass auf dich auf. Auf Wiedersehen, Frau Weigand – oder besser nicht." Er schmunzelte.

„Auf Wiedersehen und vielen Dank für alles, Herr Doktor."

Bettina wartete, bis der Arzt das Zimmer verlassen hatte, und öffnete ihre Handtasche. „In zwei Tagen kommst du nach Hause, endlich! Hier ist dein Handy. Papa sagt, du kannst es wiederhaben. Er hat ja alle Fotos gesichert. Versprichst du mir, niemals wieder Detektiv zu spielen, ja? Sonst nehme ich dir das Handy höchstpersönlich wieder ab."

Gaby nickte und nahm das Handy entgegen. „Ich tue, was ich kann. Wie wäre es, Mama, wenn du in die Cafeteria gehst und dir einen Kaffee gönnst? Ich würde jetzt gern mit Jette telefonieren. Wir haben sie da ja mit reingezogen, dafür muss ich mich unbedingt entschuldigen."

Bettina stand auf und lachte. „Ich habe verstanden. Bin in einer Viertelstunde zurück."

Die Grubenmachers saßen zu Hause in ihrem Wohnzimmer, als Jettes Handy klingelte. Sie Gabys Nummer auf dem Display aufleuchten sah, entschied sich aber, das Gespräch nicht anzunehmen, so schwer es ihr auch fiel. Die Stimmung zu Hause war mehr als düster. Sie hatte großen Ärger mit ihrem Vater bekommen, da sie ihre Freundin ohne sein Wissen besucht hatte.

„Sei doch nicht so hart zu ihr", bat Renata. „Jette war ebenso in Gefahr wie Gaby."

Detlef schüttelte den Kopf. „Ich sage nur: Wer sich in Gefahr begibt … Was muss Jette die Tochter dieses Kommissars auch dauernd treffen. Das Mädchen ist nichts weiter als eine verzogene Rotznase, die überall herumschnüffeln muss und dabei rein zufällig unsere Tochter in Gefahr bringt." An Jette gewandt sagte er: „Was denkst du dir nur dabei, dich mit so etwas abzugeben?" Wütend schlug er sich vor die Stirn.

„Papa!" Jette war schockiert. „Was hast du bloß gegen sie?"

„Sie mischt sich in Angelegenheiten, die sie nichts angehen. Ich sage nur: Arbeitszimmer. Was hatte sie dort verloren?"

„Ich habe es ihr gezeigt, wegen meines Schreibtischs, sie ist doch nicht von allein da reingegangen."

Detlef hörte Jette gar nicht mehr zu. Stattdessen motzte er Renata an. „Ich frage mich, wozu ich mit dir verheiratet bin, wenn du nicht einmal in der Lage bist, auf deine Tochter aufzupassen!"

„Jetzt reicht es mir aber", ereiferte sich Renata. „Wie redest du mit uns!"

„Passt nur auf, dass mir nicht gegen euch beide die Hand ausrutscht! Weiber!", schrie er und stampfte aus dem Raum, kam kurz darauf aber wieder zurück und stierte Jette mit wütendem Blick an. „Ab sofort kommt mir Gaby nicht mehr ins Haus, und bis auf Weiteres wirst du sie nicht mehr treffen. Ihr seht euch ja in der Schule, das reicht!"

„Papa!"

21

Ich hatte kaum schlafen können. Der Verdacht, der sich in mir regte, ließ mir keine Ruhe. Ich war um kurz vor acht im Präsidium, und Hesses Gesicht verriet Neuigkeiten.

„Senile Bettflucht?", fragte er.

„Dito", knurrte ich. „Oder hat dich Julia rausgeworfen? Verstehen könnte ich es ja. Ich wollte nicht mit dir zusammenleben."

Hesse grinste. „Ich bin unkompliziert, solange du mich auf der rechten Seite schlafen lässt."

Lachend trat ich an das Whiteboard. Unter der Rubrik „Opfer" las ich den Namen meiner Tochter. Das schnürte mir den Hals zu. Ich nahm einen Stift und fügte in der Spalte daneben den Namen von Sascha Weber als einen der Täter hinzu.

„Du glaubst nicht, dass er allein gehandelt hat?", hörte ich Hesse hinter mir fragen.

„Gewiss nicht. Ich glaube, meine Gaby hat in ein Wespennest gestochen, und die Wespenkönigin hat ihre Arbeiterinnen ausschwärmen lassen."

„Wie geht es deiner Tochter eigentlich?"

Ohne mich zu Hesse umzuwenden, antwortete ich: „Danke, deutlich besser, kommt am Wochenende raus."

„Da habt ihr noch mal Schwein gehabt. Aber zumindest Weber kann ihr nichts mehr tun."

„Der nicht, aber weitere Wespen schwirren umher." Ich sah auf die Liste mit den möglichen Tatmotiven, die wir weiter unten auf dem Whiteboard notiert hatten. An oberster Stelle hatten wir „Erpressung“ eingekringelt, danach kamen „Habgier“, „Rache“ und „Diebstahl“. „Ich gehe fest davon aus, dass der Überfall auf Gaby mit dem Mord im Belvederchen zusammenhängt. Ich bin mir sogar sicher, dass sich der Haupttäter in Bedrängnis sah.“ Ich drehte mich zu Hesse um. „Sag mal, hat sich das LKA schon gemeldet?“

„Das sollte doch eine Überraschung werden, ja. Dein roter Stein hat nichts mit dem Roten Haus zu tun, Lutz. Stattdessen ist er blutdurchtränkt.“

Mein Magen zog sich krampfhaft zusammen und meine Nackenhaare sträubten sich. „Verdammt, das habe ich mir gedacht. Wie konnte ich dieses wichtige Beweisstück nur die ganze Zeit übersehen? Ich dachte immer, dass ich Blut sofort erkennen würde, aber bei diesem Stein hab' ich mich durch das Rote Haus völlig irreleiten lassen. Wenn du mir jetzt sagst, dass man Pérez' DNA darauf gefunden hat, dann hat es sich wenigstens gelohnt, dass ich heute Nacht wach gelegen habe.“

„Ja, war ein Treffer, Lutz. Und diverse andere Spuren waren drauf, leider nicht von Sanchez und Weber, falls dir die Frage auf der Zunge brennt.“

„Das passt genau zu dem, was ich befürchtet habe. Ich bin mir fast sicher, dass Sanchez unschuldig an Pérez' Tod war, die Spuren vorher stammten von der Prügelei.“ Ich musste mich setzen, zog mein Handy aus der Brusttasche, wählte Bettinas Nummer und hoffte, dass sie ranging. Das tat sie zum Glück.

„Hör mal“, sagte ich, „wundere dich nicht, ich werde noch mal einen Wachmann bei euch absetzen. Und lass um Gottes willen niemanden mehr zu Gaby rein.“

Bettina war schockiert. „Ist der Kerl etwa geflohen?"

„Nein, ist eine reine Vorsichtsmaßnahme, solange wir nicht hundertprozentig sicher sind, dass er allein gehandelt hat. Ich erkläre dir das alles später."

Hesse, der das Gespräch mit angehört hatte, saß jetzt kerzengerade auf seinem Stuhl. „Nun klär mich endlich auf, verdammt noch mal! Wer ist es deiner Meinung nach?"

Grubenmacher kam mit reichlich Verspätung ins Polizeipräsidium. „Der Verkehr ...", entschuldigte er sich. „Hier einen Parkplatz zu finden, ist nahezu unmöglich. Ich stehe jetzt drüben im REWE-Parkhaus."

Man hatte Grubenmacher in einen der Vernehmungsräume gebracht, in dem wir, Hesse und ich, seit einer Viertelstunde warteten.

„Jetzt nehmen Sie erst einmal Platz", forderte ich ihn auf und deutete mit der Hand auf den freien Stuhl am Tisch mir gegenüber.

Grubenmacher verzog missmutig das Gesicht. „Sie müssen einen wichtigen Grund haben, um mich bei meiner Arbeit zu stören, Herr ... Kommissar."

„Ich erwähnte es, glaube ich. Es gibt mehrere Gründe. Als Erstes möchte ich Ihre Einschätzung zu Sascha Weber hören. Welcher Typ Mensch ist er Ihrer Meinung nach?" Ich machte es mir bequem und schlug die Beine übereinander.

„Ist nicht Ihr Ernst. Dafür lassen Sie mich kommen? Vorsicht, ich denke über eine Dienstaufsichtsbeschwerde nach."

Hesse konnte sich das Grinsen nicht verkneifen, schwieg aber zum Glück.

„Bitte antworten Sie mir, Herr Grubenmacher."

„Ich sagte doch, ich kenne ihn kaum, deswegen konnte ich mich anfänglich nicht einmal an ihn erinnern. Aber ich kann mich nur wiederholen. Er ist kein Sympathieträger. Ewig mürrisch und aufbrausend, tat nur das Nötigste und log, dass sich die Balken bogen." Sein Blick schwenkte zur Seite.

„Belogen hat er Sie?"

„Nicht mich, aber einige Kollegen. Das wurde mir zugetragen."

„Wer hat Ihnen das gesagt? Können Sie mir Namen nennen?"

„Ach, so etwas merkt man sich doch nicht. Die typischen Befindlichkeiten unter Handwerkern, weiter nichts. Keine Ahnung, wer mir das gesagt hat. Ich meine sogar, ich habe es von mehreren Seiten gehört." Er wich meinem Blick aus.

„Sie können sich sicher keinen Reim darauf machen, wieso er meine Tochter überfallen hat, und das vermutlich gleich zwei Mal?"

Grubenmacher lachte auf. „Bin ich Hellseher?" Er hielt einen Moment inne. „Sie wollte es so. Ihre Tochter, Herr Weigand, ist eine kleine Neugiernase." Er sah mir unverwandt ins Gesicht, während er diesen Stuss von sich gab, und ich merkte, wie ich an meine Grenzen geriet. Bei unflätigen Bemerkungen über meine Tochter hörte der Spaß eindeutig auf. „Wenn Sie es genau wissen wollen", fuhr er fort, „ich habe meiner Tochter bis auf Weiteres den Umgang mit Gaby verboten. Verstehen Sie mich bitte nicht falsch, aber Jette soll ein unbeschwertes Leben führen und sich nicht wegen der Tochter eines Polizisten in Gefahr begeben. Das war ja wohl das Letzte, was sich da im Krankenhaus abgespielt hat, das müssen Sie zugeben." Sein Gesicht war zornesrot.

„Wegen unserer Kinder können wir uns gerne einmal privat unterhalten, Herr Grubenmacher, und von mir aus auch an einem anderen Ort. Hier muss ich Sie bitten, sachlich zu bleiben."

„Sie fragten mich, ob ich mir vorstellen könnte, aus welchem Grund Weber Ihrer Tochter etwas angetan hat. Das war meine Begründung dazu."

„Herr Grubenmacher, wir gehen davon aus, dass Weber ein Mittelsmann war. Er hat im Auftrag eines anderen gehandelt, nichts weiter. Der Auftraggeber ist auf freiem Fuß und fühlt sich offensichtlich sicher. Dabei ist es eine Frage der Zeit, bis Weber auspackt."

Grubenmachers Gesichtsmuskeln zuckten. „Um mir das anzuhören, bin ich hier?" Er sah Hesse an. „Können Sie Ihrem Chef nicht einmal Einhalt gebieten, oder sind womöglich Sie ihm vorgesetzt?"

„An Ihrer Stelle wäre ich vorsichtig", kommentierte Hesse das Gesagte. „Mit Beamtenbeleidigung können Sie sich strafbar machen."

„Das waren zwei Fragen, die wird man ja wohl stellen dürfen."

Hesse reagierte nicht auf Grubenmachers Einwand. Stattdessen bat er darum, seine Fingerabdrücke und einen Wangenschleimhautabstrich nehmen zu dürfen.

„Abstrich? Sind Sie jetzt restlos verrückt geworden?"

„Herr Grubenmacher, Vorsicht!" Hesse machte eine beschwichtigende Handbewegung.

„Wofür brauchen Sie denn einen Abstrich? Ich habe niemandem etwas getan, verdammt noch mal! Von mir aus nehmen Sie meine Fingerabdrücke, wenngleich ich das für absurd halte. Wo muss ich mir die Finger schmutzig machen?" Er fuchtelte mit den Händen herum.

Hesse lachte und holte den Fingerabdruckscanner. „Der Fortschritt ist auch an uns nicht vorbeigegangen. Ich brauche nur abwechselnd beide Zeigefinger."

Widerwillig legte Grubenmacher erst den einen, dann den anderen Zeigefinger auf den Scanner.

„Das war's schon, danke."

Ich tippte mir an die Stirn. „Ach, verzeihen Sie, Herr Grubenmacher. Ich vergaß, Ihnen zu sagen, dass Pérez' Mörder auf freiem Fuß ist. Sanchez war es nicht."

Grubenmacher blickte uns völlig entgeistert an. „Das sind in der Tat Neuigkeiten. Warum hat er sich denn dann das Leben genommen?"

„Er war offensichtlich verzweifelt, Herr Grubenmacher", sagte Hesse und zog ein Röhrchen aus seiner Brusttasche hervor. „Wir wären Ihnen für Ihre Kooperation dankbar. Es tut überhaupt nicht weh und ist reine Routine. Für einen unschuldigen Menschen wie Sie sollte das doch kein Problem sein. Wenn Sie sich weigern, wird die Staatsanwaltschaft eine Verfügung erlassen, gegen die Sie sich wehren dürfen – eine aufwendige Angelegenheit. Letzten Endes führt sie meistens zu nichts und behindert unnötig die Ermittlungen."

Ich war dankbar, dass Hesse diesen Teil für mich erledigte, denn ich konnte mich kaum beherrschen. Diesem narzisstischen Arschloch hätte ich zu gern einen Denkzettel verpasst.

„Na, dann machen Sie schon." Grubenmacher öffnete den Mund.

Hesse strich mit dem Wattestäbchen über seine Wangenschleimhaut. „Danke, Herr Grubenmacher, für Ihr Verständnis. Das war's schon." Er steckte das Stäbchen in die Röhre zurück.

Ich stand auf und reichte Grubenmacher die Hand. „Sie wissen ja: Sollte Ihnen irgendetwas einfallen, wir haben immer ein offenes Ohr. Grüßen Sie Jette."

„Was sollte mir zu dem Thema einfallen? Verschonen Sie mich bitte in Zukunft."

„Wir geben unser Bestes."

Gaby war kraftlos und nicht die Tochter, die ich von der Zeit vor dem Anschlag kannte. Ich hatte mir für dieses Wochenende vorgenommen, mich ausschließlich um sie zu kümmern. Das Erlebnis hatte sich zu einem Trauma entwickelt und ich hatte Bettina vorgeschlagen, einen Psychologen zurate zu ziehen. Bettina meinte, wir sollten das erst in ein paar Tagen entscheiden, da Gaby sich in dieser Richtung ablehnend geäußert habe.

„Was denkst du?", fragte ich Gaby. „Eine kleine Spazierrunde mit mir über den Lohrberg – bei diesem herrlichen Wetter?"

Gaby nickte wenig begeistert. „Ich sollte wohl besser Ja sagen, andernfalls schlägst du mir vor, Skat zu spielen, ist es nicht so?"

„Kann ich mitkommen?", wollte Bettina wissen.

„Können schon, du hattest sie aber jetzt lange Zeit exklusiv. Damit ich nicht eifersüchtig werde, bin ich heute an der Reihe." Ich zwinkerte ihr zu. „Ich brauche ebenfalls Mitleid und Zuspruch."

„Du brauchst Zuspruch?"

Ich machte ein betont leidendes Gesicht und tippte auf meine Wange.

„Ach, die Zähne, hab' ich ja völlig vergessen", sagte Gaby und ein Lächeln huschte über ihr Gesicht. „Bekommst du bald neue, ich meine ein Gebiss oder so?"

Ich sah Bettina an. „Merkst du's? Wer den Schaden hat, braucht für den Spott nicht zu sorgen." Ich kniff meiner Tochter zärtlich in die Wange. „Für ein Gebiss fühle ich mich eindeutig zu jung. Außerdem ist da drin beinahe schon alles wieder in Ordnung. Ich bekomme in ein paar Monaten ein Implantat, wenn alles vollständig verheilt ist, sagt der Arzt. Wenn ich eines Tages mit meinem Enkelkind über den Lohrberg laufe, dann sollte ich wiederhergestellt sein." Ich lachte.

Gaby fing ebenfalls an zu lachen. Das Eis zwischen uns war gebrochen. Gott sei Dank! Erst jetzt merkte ich, wie mich Gabys Zurückweisung in letzter Zeit geschmerzt hatte, und vor allem, wie sehr sie mir gefehlt hatte.

Ich beschloss, sie ins Auto zu verfrachten. In der Nähe der Lohrberg-Schänke würden wir ein Stück laufen und anschließend in das Lokal einkehren.

Gaby hatte sich bei mir eingehängt und wir schlenderten den Weg mit dem schönsten Blick über Frankfurt entlang. Sie blieb stehen und sah gedankenverloren in die Ferne. „Weißt du, Papa, was mir besonders weh tut?"

Ich sah sie aufmerksam an.

„Ich habe drei oder vier Mal versucht, Jette zu erreichen. Sie geht nicht an ihr Handy, reagiert nicht auf WhatsApp und meldet sich ihrerseits nicht. Das kommt daher, dass sie mich im Krankenhaus besucht hat und dieser Typ uns beinahe überfallen hätte. Sie ist stinksauer auf mich. Es ist alles meine Schuld. Hätte ich bloß nicht versucht, auf eigene Faust zu ermitteln." Eine Träne glitzerte in ihrem Auge.

Ich nahm ihre Hand. „Soll ich dir die Wahrheit sagen? Ich bin ein glücklicher Vater. Du warst verdammt mutig. Und du hast daraus gelernt. Du hast begriffen, dass es Dinge gibt, die man nicht auf eigene Faust unternehmen sollte. Aber bitte denke nicht, dass du Jette damit vor den Kopf gestoßen hast. Ich habe mit ihrem Vater gesprochen. Wie soll ich sagen ... sie hat es nicht leicht mit ihm. Er hat ihr verboten, mit dir Kontakt aufzunehmen."

Gaby blieb wie angewurzelt stehen.

Ich bereute zutiefst, dass ich ihr das so unverblümt gesagt hatte. „Es tut mir leid, Schatz, ich wollte dir nicht wehtun."

Gaby schüttelte traurig den Kopf. „Ich hätte es ja irgendwann erfahren. Damit kann ich außerdem viel besser leben als mit der Tatsache, dass mich Jette nicht mehr leiden kann. Weißt du, ihr Vater ist nicht gerade ein netter Mensch. Er hat mir Angst gemacht." Wir gingen die letzten Meter bis zur Lohrberg-Schänke. Auf dem Hof angekommen, sah Gaby mich von der Seite an. „Darf ich dich was fragen?"

„Klar."

„Was ist rausgekommen bei der Untersuchung meines Steins?"

Das lief gerade in eine Richtung, die ich nicht einschlagen wollte. „Komm, wir suchen uns einen Platz im Lokal. Lass uns erst mal was essen." Ich wollte nicht riskieren, dass ihr schwindelig wurde, wenn ich ihr die haarsträubende Geschichte erzählte. Wir entschieden uns für einen leichten Salat und bestellten Apfelsaftschorle. Ich wartete, bis sie etwas gegessen hatte. Es war doch merkwürdig. Wenn das eigene Kind dem Tod von der Schippe gesprungen war, begann sich das Leben neu zu ordnen, nach anderen Prioritäten. Ich hatte in letzter Zeit über mein eigenes

Dasein nachgedacht, mehr denn je zuvor. Phasenweise war ich mir nicht einmal mehr sicher, ob ich diesen gefährlichen Beruf nicht an den Nagel hängen wollte und stattdessen mehr Zeit mit meiner Familie verbringen sollte, die mir das Kostbarste war. Von heute auf morgen konnte sich das Leben auf dramatische Weise verändern. Das war mir so klar vor Augen geführt worden, dass ich es für einen Wink des Schicksals hielt.

Gaby kaute an ihrem Salat und sah mich an. „Fünf Euro für deine Gedanken."

Ich lächelte. „Reine Geldverschwendung." Denn klar, ich würde weiter als Polizist tätig sein. Es gab zu viele Verbrecher in Frankfurt, die zur Strecke gebracht werden mussten.

„Dann leg jetzt bitte los. Was war mit dem Stein?"

Ich stützte meinen Kopf in die Hände und schaute Gaby an. „Weißt du, worüber ich froh bin?"

„Du wirst es mir vermutlich sagen."

„Dass wir deine Mutter nicht mitgenommen haben. Sie würde mir spätestens in fünf Minuten den Kopf abreißen, und in zehn Minuten wären wir geschiedene Leute."

Gaby schob ihren Teller beiseite. „So dramatisch?"

„Ich fürchte schon. Gaby, der Stein, den du bei uns beherbergt hast, war die Waffe, mit der der Täter Alonzo Pérez den Schädel einschlagen wollte."

Gaby riss den Mund auf.

„Der Täter hat ihm letzten Endes das Genick gebrochen, aber der Stein hatte nichts mit dem Roten Haus zu tun, er war ganz einfach blutdurchtränkt."

„Das ist ja grauenvoll!"

„Wollen wir nicht das Thema wechseln?" Ich hatte bemerkt, dass Gabys Gesicht grau geworden war.

„Unmöglich! Ich muss alles erfahren, sonst werde ich nie wieder schlafen können."

Ich seufzte. „Ich schickte ihn zwecks DNA-Analyse zum Landeskriminalamt. Es fanden sich einige DNA-Spuren daran, vermutlich sogar deine."

„Werde ich jetzt in irgendeiner Verbrecherdatei geführt? Musst du meine Fingerabdrücke untersuchen?"

Da war es wieder, mein kleines Mädchen. Ich lächelte. „Da mach dir mal keine Sorgen."

„Weiß man denn anhand des Steins, wer der Täter ist?"

„Nein, bisher nicht. Mit ziemlicher Sicherheit lässt sich ausschließen, dass Sanchez – du weißt, Pérez' Kollege – etwas damit zu tun hat. Mehr kann man zum jetzigen Zeitpunkt nicht sagen. Aber ich bin mir fast sicher, dass wir dicht dran sind. Ich bin froh, dass du nächste Woche noch zu Hause bleiben musst, denn der wahre Täter könnte erneut versuchen, dir nahezutreten."

„Du glaubst, ich befinde mich in Gefahr?" Gaby sah sich um, als könnte sie hier in der Nähe den Täter ausmachen.

„Wir wollen nur jegliche Gefährdung ausschließen."

„Warum bist du dann überhaupt mit mir aus dem Haus gegangen? Ist das nicht zu gefährlich?"

„Glaube mir, ich lasse mein Umfeld nie aus den Augen. Nicht wenn wir Auto fahren, und hier ebenfalls nicht. Das ist das Erste, was ein Polizist verinnerlicht haben sollte."

„Was glaubst du, weshalb der Stein im Papierkorb von Herrn Grubenmacher lag? Denn da war er, sonst hätte ich ihn ja nicht mitgenommen."

„Ist klar. Ich weiß es im Moment nicht. Das gilt es herauszufinden."

Gaby überlegte. „Wäre es möglich, dass er den Täter deckt? Ich meine, er kennt ja so viele Leute. Was wäre, wenn sich ihm der Täter anvertraut hat? Ich mag ihn zwar nicht, aber das spräche ja für ihn, wenn er ihn deckt, nicht?" Sie wurde nachdenklich. „Würde er dann wegen Mitwisserschaft bestraft werden?"

Ich nickte. „Wenn er es wusste, auf jeden Fall."

Gabys Mundwinkel zitterten. „Hätte ich mich nur da rausgehalten. Jetzt wird Jettes Vater meinetwegen Ärger kriegen. Das tut mir leid."

Ich verstand meine Tochter, und es war schwer, die richtigen Worte zu finden. „Weißt du, Gaby, du hast niemanden absichtlich in eine unangenehme Situation gebracht. Es ist meistens so, dass unrechtmäßige Dinge auffliegen, und sei es durch einen Zufall."

Gaby senkte den Blick. „Jetzt verstehe ich wenigstens, weshalb Jette nichts mehr mit mir zu tun haben soll."

Hesse und ich saßen Sascha Weber im Gefängnis gegenüber.

„Herr Weber, es wäre für Sie deutlich günstiger, wenn Sie mit uns kooperieren würden", sagte ich. „Wir gehen davon aus, dass Sie einen Auftraggeber hatten."

Weber sah mir unverwandt ins Gesicht. „Selbst wenn das so wäre, ich bevorzuge es zu schweigen. Ich habe meine Gründe."

Ich platzte mittlerweile vor Wut. „Und ich, Herr Weber, ich habe Gründe, weshalb ich Ihnen gleich an die Gurgel springen werde. Sie haben versucht, mein Kind zu töten, verstehen Sie? Es ist mein Kind! Und Sie haben es gleich zwei Mal versucht, verdammte Scheiße! Und Sie sagen, Sie haben Gründe?" Ich sprang auf und schlug mit der Faust auf den Tisch.

„Langsam, Chef." Hesse schien der Meinung zu sein, dass die Situation jeden Moment außer Kontrolle geraten konnte.

„Sag mir nicht, was ich zu sagen habe!", zischte ich ihn an. „Ich reiche diesem Verbrecher die Hand, biete ihm an, mit uns zu kooperieren, und was macht dieser Idiot? Er schweigt. Wie durchtrieben ist das denn! – Haben Sie Kinder?" Die letzten Worte spie ich Weber entgegen. Meine Fäuste juckten. Nie war ich so nah daran gewesen, einem Menschen die Fresse zu polieren. „Ich sage Ihnen, ich krieg Sie dran!"

Hesse stellte sich mir in den Weg. Ich stieß ihn zur Seite, besann mich aber im letzten Moment. „Warum haben Sie das getan?", schrie ich.

Hesses Handy klingelte. Er ignorierte es, wahrscheinlich aus Angst, ich könnte, während er abgelenkt war, etwas Unbedachtes tun.

„Jetzt geh schon ran, ich beherrsche mich."

Hesse nahm das Gespräch entgegen. „Ja. ... Ja, schießen Sie los. ... Ist ja nicht Ihr Ernst. ... Ja, er ist hier. Einen kleinen Moment, bitte." Er hielt mir sein Handy vor die Nase. „Für dich!"

Als ich wenig später das Gespräch beendet hatte, musste ich mich setzen. „So, Weber, jetzt noch mal mit der Ruhe. Wir wissen, wer Sie beauftragt hat."

„Menschenskinder, lass dich doch nicht so gehen!" Hesse wischte sich die Schweißperlen von der Stirn.

„Du redest ein Zeug", entgegnete ich. „Dieser Kerl bringt um ein Haar mein Kind um, und ich darf nicht ausrasten?"

„Dabei befand sich deine Tochter offensichtlich schon länger in Gefahr!"

Ich nickte. „Ich weiß."

„Dieser Mistkerl hält scheinbar sämtliche Handwerker der Altstadt in Atem. Ich glaube, ohne unsere Beweise hätte Weber nie geredet. Komm, worauf warten wir? Wir statten unserem Täter einen Überraschungsbesuch ab!"

Hesse erledigte ein paar Telefonate, dann machten wir uns auf den Weg.

„Hallo Jette, ich soll dich herzlich von Gaby grüßen."

Jette errötete. „Ich ... ich hatte in letzter Zeit gar keine Gelegenheit, mit ihr ..."

„Du brauchst dich nicht zu entschuldigen. Dürfen wir reinkommen?"

Jette wirkte verunsichert und wusste nicht so recht, wie sie sich verhalten konnte. „Meine Eltern sind nicht zu Hause. Soll ich sie anrufen?"

„Nicht nötig", sagte ich. „Wann kommt dein Vater? Wir haben ein paar Fragen an ihn."

Jette sah auf die Uhr. „Ich denke, er sollte jeden Moment hier sein. Er kommt freitags immer um diese Uhrzeit. Hm, ich darf niemanden reinlassen, aber Sie sind ja von der Polizei. Außerdem sind Sie Gabys Vater, da werden meine Eltern nichts dagegen haben, nehme ich an."

Sie öffnete die Tür etwas weiter, sodass wir eintreten konnten.

Hesse und ich betraten den großen, offenen Wohnraum, und jetzt verstand ich auch, weshalb Gaby von dem Zuhause ihrer Freundin so begeistert war. Die Wohnung war in jeglicher Hinsicht das Gegenteil von unserer. Alles war topmodern eingerichtet – der letzte Schrei, wie Gaby sagen würde – und ich musste feststellen, dass von außen kaum zu erahnen war, wie großzügig und weit die Räume geschnitten waren.

Jette fühlte sich mit unserer Anwesenheit offensichtlich überfordert. Das konnte ich als Vater verstehen. Und ich hoffte, dass wir sie nicht allzu lange behelligen mussten. Mein größerer Wunsch galt der Hoffnung, Frau Grubenmacher ließe nicht allzu lange auf sich warten, denn wir würden sie dringend brauchen. Deshalb fragte ich: „Wann kommt deine Mutter?"

„Meine Eltern kommen freitags meistens gemeinsam aus dem Büro."

Ich sandte ein Stoßgebet gen Himmel, in dem ich darum bat, dass heute keine Ausnahme war. „Es wird ja nun sicher nicht mehr lange dauern, bis sie da sind."

„Ja, natürlich, Entschuldigung. Dort ist unser Wohnraum. Wollen Sie sich da so lange hinsetzen?"

Wir bedankten uns und nahmen auf der Couch Platz, auf die sie gezeigt hatte.

„Wie … wie geht es Gaby denn jetzt?" Jette setzte sich in einen Sessel uns gegenüber, offensichtlich um die passenden Worte bemüht. „Sie erholt sich", versicherte ich ihr. „Sie wird eine Woche zu Hause bleiben, dann kommt sie wieder zur Schule."

Ich sah Freude in Jettes Augen aufblitzen.

In diesem Moment waren Geräusche zu hören, und kurz darauf schwang die Wohnungstür auf. Grubenmacher trat ein, gefolgt von seiner Frau, die, mit Einkaufstüten bepackt, von unserem Besuch völlig überrascht zu sein schien.

Grubenmachers Blick verfinsterte sich. „Ich wüsste nicht, dass wir einen Termin hatten."

Hesse und ich standen auf, als uns Frau Grubenmacher die Hand reichte.

„Herr Grubenmacher", erwiderte ich, ohne eine Miene zu verziehen, „manchmal bedarf es keiner Verabredung." Etwas freundlicher begrüßte ich seine Frau. „Guten Tag, Frau Grubenmacher. Dürfen wir zunächst mit Ihrem Mann alleine sprechen?"

Jette sah ihren Vater an, als habe sie einen Fehler begangen, doch der sagte barsch. „Dann geht halt nach oben."

Frau Grubenmacher nickte und bedeutete Jette, ihr in die obere Etage zu folgen.

Grubenmacher setzte sich uns gegenüber. „Da bin ich aber gespannt. Wenn möglich, machen Sie es bitte kurz, ich bin müde und hungrig."

Ich wartete einen Moment, um sicherzugehen, dass wir allein waren und die beiden Damen nichts hören konnten. Ich mochte mir nicht vorstellen, was in Jette vor sich gehen musste.

„Ich muss ja zugeben", begann ich, „dass meine Tochter das Ganze ins Rollen gebracht hat, indem sie Ihre Mappe fotografiert hat. Sie wissen ja sicher, welche ich meine."

Grubenmacher tat unwissend. „Herr Kommissar, abgesehen davon, dass ich es unsäglich finde, dass Ihre Tochter etwas aus meinem Privatbesitz fotografiert hat", er machte eine bedächtige Pause, „sollte die Tochter eines Kommissars doch schon mal etwas von Datenschutz gehört haben. Ich meine, wir sprachen neulich bereits darüber, nicht? Sie wissen ja sicher selbst, dass sie sich strafbar gemacht hat."

Ich nickte. „Das nehme ich in diesem Fall auf meine Kappe. Lassen Sie uns fortfahren. Gaby fand es ungewöhnlich, dass unter Ihren Fotos Vermerke standen, vornehmlich das Wort ‚Verkauft'. Da sie mit Ihrer

Tochter eng befreundet ist, versuchte sie eine sinnvolle Erklärung dafür zu finden, denn sie vermutete, dass die Möbel im Zusammenhang mit dem Mobiliar der Goldenen Waage standen." Ich ließ die Worte ein wenig wirken. „Ich muss Ihnen nicht sagen, dass Sie sich zur Baustelle begeben hat, um zu fragen, was es mit diesen Möbeln auf sich hat, denn Sascha Weber – Sie erinnern sich: der Mann, mit dessen Namen Sie anfänglich angeblich nichts anzufangen wussten – rief Sie daraufhin an."

„Das ist ja ungeheuerlich. Ihre Tochter hat herumgeschnüffelt. Wie kommen Sie darauf, dass ich angerufen wurde? Ich wünschte, man hätte mich darüber informiert."

„Wir hatten ein ausführliches Gespräch mit Herrn Weber, Herr Grubenmacher."

„Ach, und ihm glauben Sie? Sie sind ja restlos verrückt. Ich sagte doch, er ist ein Lügner." Grubenmacher schlug sich gegen die Stirn. „Ist er nicht der Mann, der Ihre Tochter überfallen hat?"

Ich nickte bedeutungsvoll. „Und Sie haben ihn beauftragt."

„Ich?"

„Anfänglich hat er die Aussage verweigert. Ich muss sagen, Sie haben Ihre Leute im Griff. Als er erfuhr, dass wir Sie anhand einer DNA-Untersuchung überführen konnten, da wurde er mutig."

„Was haben Sie ihm gesagt, eine DNA-Spur von mir? Jetzt bin ich wirklich gespannt. Was wollen Sie mir denn nun unterstellen?"

„Herr Grubenmacher, ich verhafte Sie wegen des Mordes an Alonzo Pérez und des Auftrages zum versuchten Mord an meiner Tochter. Das Beweisstück habe ich mitgebracht." Ich zog den Stein aus der Jackentasche.

Wir hatten es geschafft! Grubenmacher entglitten die Gesichtszüge. „Woher haben Sie den?"

„Gaby hat ihn in Ihrem Papierkorb gefunden und hielt ihn für einen Originalstein des Roten Hauses."

Grubenmacher beugte sich nach vorn und verbarg sein Gesicht in den Händen. „Der Stein ... Daran habe ich nicht mehr gedacht", sagte er leise. „Ich wusste schon lange, dass Gaby nicht der richtige Umgang für Jette ist. Ich habe es gewusst. Ich möchte, dass Sie meine Frau und meine Tochter herholen."

„Sind Sie sich sicher, dass Sie Ihrem Kind das antun wollen?"

„Ja."

Ich nickte Hesse zu, der daraufhin nach oben ging. Wenig später hörten wir ihn an eine Tür klopfen.

Frau Grubenmacher und Jette wollten nicht Platz nehmen. Mit Entsetzen verfolgten sie Grubenmachers Geständnis.

„Ihr müsst wissen, dass ich keine andere Möglichkeit hatte. Ich war hoch verschuldet und ich habe eine Verantwortung für euch zu tragen. Pérez versuchte, mich zu erpressen, denn er wusste, dass ich ein paar Möbel hatte verschwinden lassen. Möbel, die aus dem Roten Haus stammten und die da wieder reinsollten. Mein Gott, seht mich doch nicht so dämlich an. Es waren Möbel, weiter nichts." Er lächelte selbstzufrieden. „Das war ein Meisterstück. Ich hatte ein paar Schwarzarbeiter rekrutiert. Sie fuhren einen Lieferwagen, der dem Möbelwagen die Vorfahrt nahm. Der Anhänger fiel um – es war ein Kinderspiel, kann ich euch sagen.

Nur Sachschaden, nichts weiter. Die Möbel wurden ausgeladen und an deren Stelle Schutt eingeladen. Das staubte so stark, dass man die Hand vor Augen nicht sehen konnte. Niemand hat je bezweifelt, dass das ein Unfall war."

Jette begann zu weinen und ihre Mutter legte einen Arm um sie. Sie selbst wirkte erstaunlich gefasst.

„Hätte sich dieses dämliche Gör ...", Grubenmacher sah mich mit leerem Blick an, „Ihre Gaby meine ich. Hätte sie sich nicht eingemischt, wäre alles okay gewesen. Niemand hat Pérez vermisst. Er war ein fieser Hund, hatte keine Familie. Ich habe uns allen einen Gefallen getan, als ich ihn beseitigt habe. Er rief mich abends an und forderte eine unverschämt hohe Summe von mir. Im Gegenzug würde er sein falsches Maul halten. Er hätte das nicht tun müssen, dann wäre ihm nichts passiert. Aber so sah ich mich gezwungen zu handeln. Ich verabredete mich für den nächsten Morgen um sieben Uhr mit ihm oben im Belvederchen. Den Stein hatte ich rein zufällig bei mir."

Jette sagte mit erstickter Stimme: „Deswegen fragte mich Herr Weigand, ob ich dich am Morgen gesehen hatte."

„Lass mich ausreden!"

„Sprechen Sie weiter", sagte Hesse.

„Pérez war dort, als ich ankam. Wir waren allein. Er machte mir klar, dass seine Verschwiegenheit umso teurer würde, je länger ich die Zahlung hinauszögerte." Grubenmacher schnitt eine Grimasse. „Er stand vor mir, hatte die Hände in die Seiten gestemmt und sah mich frech an. Da verpasste ich ihm eine. Er war nicht darauf vorbereitet, stürzte und hielt sich am Brunnenrand fest. Instinktiv griff ich nach dem Stein in meiner Tasche und schlug ihm damit auf den Hinterkopf. Er stürzte nach vorn und hing mit dem Oberkörper über dem Brunnen. Ich hatte mir bei dem Schlag selbst etwas die Hand verdreht, sodass ich den Stein fallen ließ."

„Ah, ich erinnere mich, deswegen reichten Sie mir kürzlich keine Hand.", warf ich dazwischen.

„Ich erinnere mich nur, dass ich ihn am Genick packte." Grubenmacher lachte. „Es war ganz einfach, nur ein kleiner Ruck." Er machte eine Pause, blickte mich gedankenverloren an. „Mein Fehler war, dass ich den Stein nicht verschwinden ließ, nicht wahr? Wer rechnet auch damit, dass eine Freundin meiner Tochter, noch dazu Ihre Tochter, Herr Kommissar, in meinem Papierkorb herumschnüffelt."

Ich nickte. „Ein verhängnisvoller Fehler."

Jette hörte nicht auf zu weinen, und ihre Mutter bedeckte ihre Ohren mit ihren Händen.

Grubenmacher blickte seiner Tochter verständnislos ins Gesicht. „Du musst noch viel lernen, Jette, es gibt auch unter den Menschen Parasiten. Einen davon habe ich beseitigt."

Frau Grubenmacher schluchzte. „Wir haben genug gehört."

Grubenmacher hob die Hand. „Den Rest werdet ihr auch noch ertragen." Er wandte sich an mich. „Tja, Herr Kommissar, ich wollte nicht riskieren, dass das mit den Möbeln aufflog, nur wegen eines Görs, das seine Nase nicht aus Angelegenheiten lassen konnte, die es nichts anging."

„Leg ihm die Handschellen an", sagte ich zu Hesse. „Auch wir haben genug gehört."

Als ich an diesem Abend im Auto saß, rief ich Frau Sanchez an, um ihr zu berichten, wer der wahre Mörder von Pérez gewesen war. Die Frau tat mir unendlich leid, denn ihre Familie war durch diesen Wahnsinnigen zerbrochen, im Gegensatz zu meiner eigenen.

Epilog

Das war die erste Skatrunde seit Gabys Genesung. Endlich wieder etwas, was wir gemeinsam tun konnten.

„Du bist ein echter Fuchs", lobte ich Gaby.

„Ich bin eine Strategin, Papa."

„Und das nicht nur beim Skat."

Gaby lächelte, überlegte eine Weile und sagte schließlich: „Jette hat mich in den Sommerferien zu sich eingeladen. Darf ich hin?"

Nach der Verhaftung Grubenmachers waren Ehefrau und Tochter nach Hamburg zurückgegangen. Für Gaby ein großer und schmerzvoller Verlust – und nicht nur für sie. Doch nach ein paar Monaten hatten die Mädchen erneut Kontakt zueinander aufgenommen, und ich war mir sicher, dass ihre Freundschaft trotz der großen Krise, der sie ausgesetzt worden war, Bestand haben würde.

„Wenn ich mein Abitur gemacht habe, werde ich in Hamburg studieren", setzte Gaby ihre Gedanken fort.

„Welcher Beruf schwebt dir denn vor?"

„Soll das eine Frage sein?" Sie sah mich mit schelmischem Blick an. „Ich werde natürlich in deine Fußstapfen treten, Papa. Wer soll euch denn bei euren Fällen helfen, wenn nicht ich? Ich habe das mit Bernd Hesse schon geklärt. Er sagt, er sei einverstanden. Dann braucht er wenigstens keine eigenen Kinder in die Welt zu setzen. Verstehst du das? Ach, übrigens, ich arbeite nur mit dir zusammen, wenn du wieder Zähne im Mund hast. Andernfalls würde ich mich um einen jüngeren Mitarbeiter bemühen."

Ich war unendlich froh darüber, dass dieses Gespräch unter Ausschluss meines Partners geführt worden war. Hesse hätte sich totgelacht.

Ende

Weitere Titel von Franziksa Franz in der edition krimi

kartoniertes Buch
280 Seiten
12,0 x 19,0 cm
13,00 EUR
ISBN 978-3-946734-23-9
lieferbar

Ebook epub
8,99 EUR
ISBN 978-3-946734-24-6

Franziska Franz
Mainkurtod

Es hätte ein Traumjob sein können: die Stelle als Maklerin in Frankfurt, eine Kollegin, mit der sie sich auf Anhieb versteht. Doch dann erfährt Marlene von der Ermordung und dem mysteriösen Verschwinden ihrer Vorgängerinnen. Kurz darauf findet sie sich selbst eingesperrt in einem stockfinsteren Raum wieder, ohne Erinnerung an die letzten Tage. Damit nicht genug: Zu ihrem Entsetzen entdeckt sie in einer Tonne eine Leiche – und ist sich sicher: Sie wird die nächste sein. Was ist faul bei Immobilien Richter? Wer hat es auf die Maklerinnen abgesehen? Marlene muss sich erinnern. Denn zum Entkommen bleibt ihr nicht mehr viel Zeit.

kartoniertes Buch
176 Seiten
12,0 x 19,0 cm
11,00 EUR
ISBN 978-3-946734-79-6
lieferbar

Ebook epub
8,99 EUR
ISBN 978-3-946734-39-0

Franziska Franz
Eisernes Verderben

Jedes Jahr wird der Ironman-Triathlon in Frankfurt für tausende Sportler zum Trainingsziel. Die sportbegeisterten Freunde Harald Falkenberg und Jan Hohmeister haben sich nach einem Streit wieder versöhnt und beschließen nun, gemeinsam für den Ironman zu trainieren.

Doch dann erhält Falkenberg eine geheimnisvolle Drohung per E-Mail. Wird der Streit aufs Neue entfacht?